U0524302

"十四五"
国家重点图书
出版规划项目

国家出版基金项目
NATIONAL PUBLICATION FOUNDATION

焦裕禄

人民的好公仆

郑彦英 ——— 著

中国青年出版社

人民英雄 国家记忆文库

指导单位

共青团中央

发起单位

国防大学军事文化学院

中国青年出版总社有限公司

学术支持单位

中国作家协会军事文学委员会

中国当代文学研究会军事文学委员会

总策划

张启超　董　斌　皮　钧　陈章乐

策　划

侯健飞　陈章乐

主　编

陈章乐　侯健飞

统　筹

侯群雄

焦裕禄（1922年—1964年）

总　序

◆徐怀中

我们这一代人成长在战争年代,那时山河破碎,民不聊生,是党在抗日根据地设立了免费高小,我才有机会去上学,后来考上边区政府开办的太行第二中学,算是有了点文化。毕业后,是党带领我走上革命道路,我跟随刘邓大军挺进大别山,开始了军旅生涯,后来长期从事写作、文化工作,再也没有离开过部队。

回首往事,许多的人和事历历在目。中国共产党的奋斗路、奋进路来之不易,中华民族的独立自由解放来之不易,新中国的成立、建设、发展来之不易,改革开放以来取得的成就来之不易,今天的幸福生活来之不易,无数的仁人志士、先贤先烈、英雄楷模为之奋斗、奉献,甚至牺牲,他们永远值得我们去纪念、缅怀、学习。

2019年底,国防大学军事文化学院、中国青年出版总社联合发起大型图书创作出版工程"人民英雄——国家记忆文库",致敬先烈,献礼党的百年华诞,我得知后感到很欣慰。是的,我们走得再远、走到再光辉的未来,也不能忘记走过的过去,不能忘记为什么出发。

今年恰逢中国共产党成立100周年，习近平同志在党史学习教育动员大会上强调，要教育引导全党大力发扬红色传统、传承红色基因，赓续共产党人精神血脉，始终保持革命者的大无畏奋斗精神，鼓起迈进新征程、奋进新时代的精气神。"人民英雄——国家记忆文库"的创作出版正当其时，为培养新时代合格社会主义建设者和接班人培根铸魂，为担当复兴大任的青年一代筑牢信仰之基，补足精神之钙。

讲好英雄故事，弘扬英雄精神，重点在"讲"，难点在"讲好"，关键是"弘扬"。大规模组织作家书写英雄、讴歌英雄，这是在新的时代背景下的一次有益的探索，也是文化工作者的优良传统。参与此次创作的有不少是军内外知名作家，他们怀着对革命英烈的一份最真挚的感情，克服新冠肺炎疫情带来的困难，不辞辛劳，深入革命纪念馆、烈士陵园采访调查，多方搜集素材，反复打磨，精心创作。经过各方面的努力，文库第一辑将陆续出版。第一辑有我党早期领袖李大钊、瞿秋白等，有革命战争年代的著名英烈方志敏、杨靖宇、赵一曼、张思德等，有青年英雄刘胡兰、雷锋等，还有新时期的英模焦裕禄、谷文昌等，毫无疑问，他们都是中国共产党最优秀的党员，是中华民族最优秀的儿女。他们永远值得大书特书！

作为一个年过九旬的老党员、老战士、老作家，我对英烈们的事迹都很熟悉，但阅读了作品后，依然心潮澎湃，感动不已。这些作品思想性、文学性、故事性、可读性强，既写出了英烈的光辉故事，也写出了英烈精神的传承故事，独具匠心；同时，很多作品充分利用纪念设施和相关文物，在物中见人见事见精神，在人、事、精神中见物，相得益彰，历史感、现场感强，让英雄人物和他们的精神品格在文学叙述中活了起来。

在中国共产党百年华诞的光辉历史时刻，国防大学军事文化学院组织创作了这套文库，用文学的方式回溯党史、军史，十分可贵，这是对我们伟大的党的最好礼赞，是为中国革命史做出的巨大贡献。中国青年出版社是红色出版的主阵地，《红旗飘飘》《红岩》《红日》《红旗谱》《创业史》等早已载入新中国文学史、出版史，影响了一代又一代人。我青年时期创作的长篇小说《我们播种爱情》最初就是由他们出版的。这一次军地联合行动，成果丰硕。我相信，随着第一辑的创作、出版，后续第二辑、第三辑的创作、出版会更有经验和信心，更多先烈的英雄事迹将栩栩如生地呈现在读者面前。

英雄永生的地方，就是我们的来处，就是我们的历史，就是我们的文化，就是我们的根，也是我们这个党、这个国家、这个民族自信的源泉。为英雄立传，为民族立心，为社会铸魂，功在千秋，善莫大焉。在此，对"人民英雄——国家记忆文库"的创作、出版致以敬意和祝贺。

是为序。

2021年6月18日

目录
Contents

第一章　暮雪朝霜，毋改英雄意气 ———————— 001

第二章　为官一任，造福一方，遂了平生意 ———— 109

采访手记　魂飞万里，盼归来 —————————— 158

采访手记　绿我涓滴，会它千顷澄碧 ——————— 166

后　记 ———————————————————— 184

参考书目 —————————————————————— 186

第一章 暮雪朝霜,毋改英雄意气

1. 崮山脚下,一个贫而不弱的生命顽强成长

这是山东省淄博市博山区源泉镇北崮山村焦裕禄纪念馆。拍摄这张照片是在2020年深秋的一个下午,当时正值阳光充沛,纪念馆前的花草茂盛鲜艳,松树和柏树环绕着纪念馆大楼。

焦裕禄纪念馆位于焦裕禄的故乡山东省北崮山村,于1966年5月开始修建,1967年1月正式开馆。其建筑面积3400余平方米,占地面积达10000平方米,是全国最早的焦裕禄纪念馆。该馆展览内容主要分为五部分:第一部分是焦裕禄事迹展厅;第二部分是新时期优秀共产党员事迹展厅;第三部分是影像厅;第四部分是焦裕禄故居,其是典型的

★ 山东省淄博市博山区源泉镇北崮山村焦裕禄纪念馆。

北方农家四合院格局,建于清代末年,于2002年8月对外开放;第五部分是博山党史陈列馆。

这儿的老百姓因为是焦裕禄的故乡人而感到自豪,对焦裕禄过往的一言一行甚至具体到举手投足都格外关注。所以当地政府建好展馆后,老百姓非常高兴,四时八节,都来这儿参观,甚至,许多家的儿女考上了大学,行前也要在这儿来学习一下。

就是在这一个山村小院里,童年的焦裕禄就出生在此,玩耍在此。院子坐落在北崮山脚下,按照中国人的风水理念,院子背靠大山,是坚实的背景;而门,自然是朝着阳光南来的方向,四面有墙,围成一个院子。我以丈量的步子南北走了走,大概计算出,这个院子占地近四分。

博山区是一个有山有水的地方,山为岳阳山,水为孝妇河。孝妇河在岳阳山中冲出一条峡谷,峡谷旁冲击出一座海拔300米的小山,叫崮山,山虽小,却陡峭,杂树丛生。在崮山的南面,有一个小村庄,叫北崮山,这里土质薄而石层厚,生存艰难。村里人大都以挑担、推车等卖苦力为生。焦裕禄的祖上就居住在这里,他的父亲叫焦方田,母亲叫李星英。

北崮山村的《焦氏族谱》记载着焦家落户在这里的缘由和血脉传承:

> 吾祖自北直枣强于明初迁于山东章丘清平乡……祖讳平,则迁于北崮山定居。

★ 山东省淄博市博山区源泉镇北崮山村的焦裕禄故居。

由此往前后推演，笔者又与村上的几个老人仔细论证了一下，方知焦裕禄为焦氏家族第3支第23世的传承男丁。

1922年8月16日的黎明，焦裕禄出生，是焦家第二个儿子，爷爷焦念礼请来一个识文断字的教书先生为新生儿起名，先生便起了"裕禄"二字为名，取将来富裕吉祥的意思。父亲焦方田连声说着："这名字好，这名字好。"而且立即就叫上了，"裕禄！裕禄！"在焦方田的声音中，焦念礼涕泪交集："禄禄……"

焦裕禄的女儿焦守云写了一本书《我的父亲焦裕禄》，其中有这样一段：

> 20世纪50年代，父亲在一份给组织的资料中记载：八岁至十五岁，家庭有十五口人，十三亩地，牛二头，骡子一头，房子廿余间，全家种地，冬闲时开一小油坊，打蓖麻油，资金大部分是借外债。

焦裕禄的爷爷焦念礼，脾气耿直，为人厚道，明事理，为人处世周到有方，乡邻关系很好。清朝末年，焦念礼在博山县城的一个杂货铺当学徒，学会了做小生意的门路和方法，之后回到山村老家。因为自己家有13亩地，要种要收，所以在家里好照看，但是做生意赚钱相对于种庄稼要容易一些，于是他和两个儿子一起开了一个估衣店做旧衣服买卖。这个买卖利润很薄，于是他又开了一个小油坊，利用秋收以后的农闲时间经营。开油坊是个吃苦的营生，收蓖麻要跑断腿，榨油又得靠力气，好在他和两个儿子都肯下苦，但是，即便如此，一家人也就勉强够个温饱。

北崮山有70户人家，700余口人，大部分小孩是念不起书的，男孩一有力气就帮大人做工挣钱。

在这样一个环境中，焦裕禄也到了上学的年龄，像他的同龄人一样，他开始帮着大人，为衣食忙碌。

上学

关于焦裕禄上学的经历，从河南省档案馆现行文件利用中心的一份文件可以看到——1956年，大连起重机厂党委组织部向中共山东省博山县委第一区区委组织部去函，调查焦裕禄同志历史问题。中共山东省博山县委第一区区委组织部回复大连起重机厂党委组织部：焦裕禄八岁上学，十五岁本村高小毕业，之后四年多的时间在家种地卖油，卖锅饼青菜，担扁担到沂水县做生意（挑去铁锅换回豆油）。

就在这几年里，焦裕禄的爷爷年纪大了，一会清醒一会糊涂，如此，重担就落在了焦裕禄父亲焦方田身上。

但是，焦方田不善经营，焦念礼的估衣店和小油坊他都经营不下去，不但不赚，反而赔本，只好不做，但是自己家的地太瘠薄，收成根本不能维持家用，于是又租了地主家的好地，收成一下子好起来。

只是，这地是要交租子的。

焦方田给地主交租子时，地主见他不识字，就多给他算了200多斤。焦方田已经用瓦砾在墙上画了记号，虽不识字却知道应交多少，他就把自己画的道道告诉账房先生。但账房先生只是冷笑一声，伸手拨拉着算盘，啪啪几下，推到焦方田面前，说他一两都没多收，必须如数交清，否则就收了地给别人种。

焦方田只好咬牙给地主交了租子，回家看着自己画的道道，眼泪哗哗地往下流。

焦裕禄的母亲李星英明事理，有大局观，看得也远。她看到丈夫痛苦成这样，就把压在心底的话告诉丈夫："我看小裕禄聪明，让他上学吧，咱就不会让人看成睁眼瞎了。只要会打算盘了，就不用画道道了，别人也别想哄咱了！"

焦方田直摇头："一家人吃穿都不够，哪还有闲钱让娃上学？"

但是李星英下了决心："家里人每顿省一口，也能供裕禄娃上学。我们要脱掉睁眼瞎的帽子。"

就这样，焦裕禄带着全家人的希望，背着书包走进了北崮山村初级小学。

焦裕禄上学后，深知家里供他上学不容易，下决心要学出个样子来报答家里，所以做作业比别的小孩认真得多，而且写得也多，学习成绩很好。但是，多做作业就要多用墨水和纸。爷爷在他上学的时候，悄悄把自己的衣服拿到当铺当了，把当的钱给焦裕禄买了墨水和纸。但是还是不够用，家里只好几天不吃盐，省下钱给他买纸和墨水。

在一个下雨天，李星英做饭的时候哭了，因为没有盐，饭咋做都是不好吃的，但也只能勉强这样，好在还能吃饱。

就在这时，焦裕禄放学回家，一进门，便把自己做好的作业，还有自己写的大字，给母亲看。他以为母亲会表扬他，但只看见母亲流泪，便问母亲怎么了，母亲只好说了用盐钱给他买纸和墨水的事情。焦裕禄一听，本来想说跟母亲要钱买纸和墨水的话，就再也张不开口了。

打柴

学业是不能因为贫穷荒废的，没有纸和墨水，字还是要练习的。于是，焦裕禄在写作业时充分利用纸和墨水，老师要检查的作业，他每一张纸都是正反全用，而且字写得密密麻麻。其他的练习，他都不再用纸和墨水，而是在沙地上，用一根树枝当笔进行练习。

有一天放学回家，他发现一个老人拉了一车柴火，艰难地往前走，他就过去帮忙推车，一边推一边聊天，才知道老人是将山里的柴火捡来，装上车拉出山去卖钱。他豁然开朗，帮老人把车推到坡上的时候就笑着跑了，因为他发现了一个生财门路。

在见了老人后的第一个礼拜天，他就推着一辆独轮车上山，到最深的山沟，捡最耐烧的硬柴火，这种柴火也重，但是他知道越重越能卖钱。捡完后，就高高兴兴地推到集市上。因为成色好，他的柴火很受欢迎，卖的价钱也略高于别人，一下子便卖光了。

当他揣着钱，推着独轮车回家时，还没忘记给家里买了一斤盐。

从此，他一有空闲，就去山里捡柴，然后到集市上卖，心里别提多美了。

同学们发现焦裕禄有新的纸和墨，而且放开用了，便问钱是哪儿来的，焦裕禄笑了："是从树上掉下来的。"

焦裕禄爱学习，成绩门门领先，加上他爱劳动，老师让他做了体育班长，带领同学们运动，还是领操。1936年夏天，焦裕禄念完了小学四年级，这就是当时的初小。

上高小

南崮山、北崮山和东崮山三个村庄，只有一个高小（五年级到六年级），要考试，择优录取，而且，如果考上，还要交比较高的学费。

焦裕禄问母亲，他考不考？母亲坚定地说："考，哪有不考的道理！"

焦裕禄就去考了，很快就出了榜，焦裕禄的大名排在榜上的第一行。

村里很多人都来祝贺，但是焦方田跑到后院不去见人。焦裕禄找到他时，他正在流泪，焦裕禄小心地告诉他，全村人都来祝贺呢。父亲摇摇头，说："事情是个美事情，你想想，哪有钱供你上学呀！"

李星英送走来祝贺的乡亲，也来到了后院，看到丈夫流泪，她也忍不住流泪了，对丈夫说："不要紧，你也不要作难，我明天回一趟娘家。"

焦裕禄一直忘不了那天晚上的母亲李星英。母亲要给焦裕禄姥姥做一双棉袜子，她给袜子装上最好的棉花，快到天亮时才做好，在床上打了个盹，就起来给一家人做早饭，她自己草草吃了一个馍，就揣着棉袜子上了路。

下午天快黑的时候，母亲回来了，焦裕禄心里明白母亲去做什么，就跑过去，看母亲的脸色，发现她脸上有笑，他也笑了,问:"姥姥给了?"

母亲点点头:"给了,你姥姥最疼的就是你,说看着、数着底下这么多孙子辈,就看着裕禄有出息,也只有裕禄有上学的天分。"

就这样,焦裕禄上了高小。

《人民政协报》于2016年3月17日刊登了一篇文章,名为《文献里的早年焦裕禄》,其中记载如下:

> 焦裕禄在自传中提及了自己读书时的情况,他写道:……在学校阶段,因家是几辈子老农民,与地主阶级子弟入不上伙,并时常受他们压迫和歧视。任何组织未参加过,只知道好好读书。

在这样的环境里,焦裕禄的学习成绩却非常好,特别是他的国文课,让老师和同学们赞不绝口,比如他写的一篇命题作文《阚家泉的风景》,老师不但喜欢,还让全校同学背诵,甚至带着全校同学到阚家泉,一边看着阚家泉的风景,一边让同学们对比作文。

作文写道:

> 仁者爱山,智者乐水。我钦佩那些为国建立过功勋的仁人智者,更爱哺育过无数仁人智者的好山好水。而最令我喜爱的,就是岳阳山南山脚与崮山西山脚交汇处的阚家泉。
>
> 阚家泉的泉眼有锅口粗细,传说有一条蛟龙从东海

钻来，在此处出洞，洞口也就成了泉眼。清凌凌的泉水从泉眼涌出，在近处的洼地浸成一个小湖，然后冲刷出一条河流，流经南崮山我的学校，奔向山外的天津湾去。我常在湖里河里游水捉鱼，也想看见那条蛟龙是怎样自泉眼钻出，张开巨口对着山上的旱地喷水……

我们可以想象，如此有才华的焦裕禄，如果继续读书，能够学习，一定是前途无量的。但是，日本人来了，本来就穷苦的北崮山一带的百姓，日子就难上加难了。

日本人不但要占领土地，还要增加税赋，本来就穷困的老百姓就更加无望了。到了冬天，除去日本人的压迫，饿和冷交替着摧残人，越饿越冷，人们出于无奈，只好上街去抢东西。当然，能抢到粮食，是最好的。

1937年12月，饥饿的民众到城里抢粮食，日本军队包围了博山县城的谦益祥货栈，因为这里抢粮食的人最多。日本人架起机关枪，朝着人群扫射，片刻之间，就打死打伤200多人，酿成轰动一时的"谦益祥惨案"。

万般无奈，焦裕禄的父亲又把油坊操持起来。

日本人要油不但不给钱，而且还越要越多，本就薄得几乎无利的油坊，反而到了欠债的程度，拉磨的驴子累死了，地也卖了一大半。到了1939年开春，父亲只好把油坊抵给了本村的王希芳。

日本人又来要油，父亲焦方田说油坊转让了。日本人恼羞成怒，对父亲拳打脚踢，奶奶高叫着上去护父亲，也被日本人一脚踢飞。等奶奶醒后，一嘴胡话，第二天，乘人不备，上吊死了。

天灾人祸，一下子降临到这个山村家庭。

焦裕禄父亲和叔叔万般无奈，只好分家过日子。

辍学

从此，焦裕禄爷爷、父母、哥哥嫂子，还有一个小侄，一共七口人，靠着分到的三亩半瘠薄的旱地过活。

焦裕禄的哥哥看家里的生活实在难以维持，就带着妻儿到博山的一个商店当学徒。收入当然很少，也难以养活一家人，便把妻儿留在北崮山家里，又和几个同病相怜的同伴，跑到武汉去谋生了。

焦裕禄也想跟着哥哥去，但父亲不让，他说再难，也得让焦裕禄上学。

于是父亲又租了地主的地。为了多打粮食，全家人没日没夜地劳作，皇天不负有心人，庄稼长势良好，成了当地人们交口称赞的庄稼。父亲就想着收成好了，交了租，余下的给焦裕禄做学费。

谁也没有想到，秋收过后，地主来了，而且带着账房先生和一群家丁，进了院子就气势汹汹。焦方田一看就知道大事不好，硬着头皮和地主说好话。

开始还好，地主向焦方田祝贺，说他的地种得好，是租户的榜样，还要继续让他种。焦方田听着高兴，没想到地主话锋一转，说日本人把他田中的收成纳为公粮，他也只好往下面佃户摊派，然后让账房先生算账。

账房先生一算，竟说让焦方田把去年的欠账还了。

焦方田一急,瞪着眼说去年交清了,怎么还要交第二遍?

账房先生抬起头,说去年的没交清,而且说了个数目,再啪啪啪地打算盘,说,今年和去年的一起算,就算你把之前的粮食都交了,还是欠地主两担粮食。

焦方田气得跳了起来,脸憋得通红,差点冲上去打账房先生。地主身边的几个家丁走上前把焦方田压倒在地,另外一些人二话不说,把他家里能搜出来的粮食全部拉走了,而且撂下一句话:地必须再种,租必须再交,不交小心性命。

这时候,焦裕禄闻讯赶来了,正好看到地主出门。地主看着焦裕禄,回头对焦方田说:"这不就是那个有名的学生娃焦裕禄嘛!焦方田,你还叫穷,谁信啊!你能供得起学生娃,说明你还留着一手啊,明年可不能再欠了!"

焦裕禄很快就知道了一切,气得在墙上砸了两拳。

晚上,他对母亲说:"娘,不上了,不能再上了,我要退学。我去打零工,给家里挣钱,养活家。"

母亲哭了,不忍心地向儿子点点头,因为实在没路可走了。

拉货

打零工挣钱养家,说起来很轻松,但是在日本人占领期间,其实是很难的。因为所有人都是艰难度日,稍微能过得好一些的,都会被日本人盯住,不是加大税收,就是直接抢夺。焦裕禄虽然下决心打零工挣钱,根本都找不到活。

这天清晨,焦裕禄起了个大早上街找活,没想到碰见了叔叔。只见叔叔推了辆独轮车,上面装了满满当当的货。他一问才知道,叔叔给一家油坊用独轮车拉货挣钱,他就央求,让叔叔行个好,也介绍自己去拉货。叔叔见他体单力薄,摇头不肯,无奈焦裕禄再三请求,叔叔只好答应了,说:"你年纪小,我是应承了,但是,你要给你爸说,你爸同意了,你才能来。"

焦裕禄非常高兴,兴冲冲回到家跟父亲说这件事。父亲沉默了半晌,不吭气。母亲是个有主意也果断的人,对蹲在地上的焦方田说:"让娃娃去嘛。"

焦方田伸手拍拍焦裕禄的身子,冲妻子说:"你看,老大到武汉去谋生了,这战争年代,兵荒马乱,一点儿音信也没有。这以后咱们就全指望老二了,但你看娃娃这身板,哪是个拉货的料,我就是再穷,也不能把我娃娃身子弄垮了。"

李星英想了一下,说:"你这样说也对着呢,这样吧,你和娃娃一块去,搭个手,不就行了。"

焦方田摇摇头:"娃娃给他叔叔说是他去,多了个我,算是啥事?"

李星英看着儿子:"是说只你去吗?"

焦裕禄点点头:"说是这样说,但是多个我爸,应该可以,我叔叔说了,他跟东家关系好。"

李星英一笑:"你叔叔跟你爸一样,实诚得不能再实诚了,哪有东家不喜欢的?这样吧,你俩去,如果东家不让你爸去,你就说你爸是来帮你的,不要他那份钱。"

事情果然是这样,叔叔已经跟东家说了,东家一看来了父子俩，眉头就皱起来。焦裕禄立即说："我爸是不放心我，怕我干不好，来帮我，他不拿钱。"

一听这，东家脸上舒展了，就同意焦裕禄父子在油坊拉货的工作。

虽然两个人干活，只有一个人的收入，好在也是个收入，家里光景就好一些。

但爷俩没有想到的是，日本人又盯上了这家油坊，像焦裕禄家当年开油坊的情况一样，日本人想尽法子盘剥压榨。东家实在支撑不住了，到了年底，悄悄地不干了，但又害怕日本人找麻烦，干脆让焦裕禄一家人不要来上班，他们自己偷偷地离开了。

丢了这个差事成了焦家最头疼的事，因为想要再找一份工作实在是不容易。如此，一家人完全断了经济来源，日子就更加水深火热了。

下煤窑

为了谋生，焦裕禄四处奔走找活儿。有一天，焦裕禄在街上遇到一个熟人，见他脸上黑乎乎的，便问他为何把脸弄成这样，熟人摇摇头，说自己在煤矿上干活。焦裕禄一听，连忙问工资待遇如何。熟人回答说工资虽然少，但总是有一些。他打量了一下焦裕禄饿得皮包骨的身子，说如果到了煤矿上，肯定顿顿白馍管饱。

焦裕禄唯恐失去这个机会，忙对这个熟人说他去，但要回家里，跟父母说一声。

熟人说他是来给煤矿招收工人的，这几天都在街上，三天后就走了。让他下了决心，就快点来报名。

焦裕禄回家，把这个消息告诉父母，焦方田立即一脸是笑，说天上掉下来的好事，他和娃娃一起去。李星英却在一边不吭声。

很久以来，家里的事，都是母亲拿主意。见母亲不吭气，焦裕禄有些急，就问母亲咋想的。

母亲沉吟片刻，说："如今这社会，这光景，不会有这么顺利就能得到好工作，还天天吃白馍？我看这小伙子的话中有假。"

父亲说："就是吃不上白馍，黑馍也行啊，只要能吃饱就行，咱庄稼人，不怕吃苦。"

正在商量时，村里几个年轻人跑来，说是要去煤窑干活，问焦裕禄去不去，而且笑着强调："顿顿有白馍吃。"

母亲就把几个小伙子叫到一起，说："既然你们都去，我也就敢让我家焦裕禄去了，你们互相照看着，帮衬着，不要让人欺负。"

父亲还是决意跟儿子一起去，一是有个照应，二是多份工钱。母亲想想，说："这就更让我放心了。"

于是他们就到了街上，找到那个熟人。熟人一看来了这么多人，很是高兴，就把他们领到街上的一个大房子里。

焦裕禄一进屋子，便发现屋子里已经有十几个人了，都是穿得破破烂烂的穷人。他们一到，屋子就满了。

大家心里都没有底，就互相打听，但又都问不出个所以然。

突然门开了，那个熟人对大家说："马上就开饭，吃完饭上汽车，汽车屁股冒着烟，很快，就把大家拉到煤矿了。"

一听要上汽车，焦方田心里一惊，说："那么远了？不是本地煤窑吗？"

那个熟人爱搭不理的，说："本地哪有这么好的矿？当然不是本地的。"

焦裕禄急问："那是哪儿的？"

熟人对焦裕禄还算客气，说："哪儿重要吗？反正是去挖煤挣钱，到哪儿不都一样？"

焦裕禄和气地说："得给家里说一声，知道个下落。"

熟人想了想说："咱这个东家是个大东家，开了几家大煤窑，一会儿上了车，就知道去哪个煤窑了。"为了让大家放心，又说："马上开饭，吃完饭就上车。"

正说着，只见有人抬来了一个大桶。众人往桶里一看，发现里面装了稀饭。又有人端上来一个大筐，里面放了一摞碗，碗旁边是杂面馍。

大家说不清有多久没吃上真正的饭了，一见到馍，都疯了般地上去抢。每人手里拿着两个馍，吃得直打嗝。

吃完馍，喝了稀饭，大家一个个高兴了，就准备上车跟他们走。

焦裕禄却多了个心眼，问那个熟人："不是说天天吃白馍吗？怎么还没到，就吃杂面馍？"

熟人顿时拉下脸："干活了才有好馍，现在还没有干活，哪来白馍？"

这时候来了一个穿得很像样的人，熟人介绍说："这是咱们的工头,大家放心吧,你看看人家,一脸的富态相。"

工头朝大家摆摆手,指指焦裕禄的这个熟人,说:"他只管招人,不知道去哪儿的矿。"

焦裕禄的熟人点了一下头就走开了。

工头又说:"我听说了,大家不放心,不知道咱们去哪儿。那我就给大家说了吧,去哪儿我知道,咱们这一车是去八陡镇的矿。"

只见他看了看大家:"还有啥不放心的?尽管说。"

大家互相观望,没有人吭气。

工头接着说:"如果有不想干的,现在可以回家,我不勉强。"

这一说,大家一下子沉默了,听着可以随时走人,大家的心都放到肚子里了。

焦方田小声对儿子说:"倒也不远,行。"

声音虽然小,大家都听见了,纷纷立即表态:去,一起去。

到了八陡镇后,工头拿来一大堆柳条帽子,给每人发了一个,然后让大家戴上,一个跟着一个坐罐笼下井。

焦方田这时候突然有些急了:"刚刚坐了一天车,还没有歇歇,就让下井,不要命咧!"

一听这话,工头朝旁边一歪头,一个光着上身的男人立即拿来一根鞭子,一鞭子就打到焦方田头顶上空。

工头这才说话:"今天干活是为了今天吃饭,不愿意干的现在可以回去。"

那个光着上身的男人吼起来:"谁要是不好好干活,我这鞭子不认人！"

大家互相看看，只好跟着下了井。

矿井很黑，焦裕禄父子只有一盏灯，他们的工作就是往外背煤。他们每人都需要背一个装满煤的大筐子，煤太重，父子俩互相鼓励着，实在背不动了，就直着腰，往井壁上靠靠，歇一口气再走。走到坑口处，有个梯子，他们得背着煤爬上梯子。焦裕禄身体单薄，爬上不去，焦方田就推着儿子上去。他把自己的筐子刚刚放下，就被眼尖的监工捉到，非说他们挡了别人的道，得扣一筐的工钱。焦裕禄一听，要跟监工理论，焦方田连忙拉住了儿子。

焦裕禄父子虽然受尽了苦，但是想到有工钱，可以养家糊口，也就忍着。

工头告诉他们，他们的工钱是用背出来的煤计算的，所以，背得越多，赚得越多。但是到了矿口，过秤的人只是拿了一个自己做的秤来称。说是个秤，实际上就是一根木棍上刻了几条刻度，头上一个秤钩，杆上一个秤砣。真要操作起来，称出来的显然比实际重量少许多，但是焦裕禄父子不敢提，因为谁提一次，他们就把谁的煤筐推到一边，不再称重，当然也不计入数量。监工一看谁闲着，就拿鞭子抽，他们即便再憋气也不能说。甚至在一个煤窑的坑口，干脆连个秤都不放，工头就立在坑口，眼睛一看，说多少就是多少，谁也不敢反对。

在一个下雨天，焦裕禄和父亲最后一趟，装得特别满，最少两人也有120斤，但是到了坑口，工头看都没看，说："60斤。"

焦裕禄火了，胸脯一挺："怎么也得100斤以上，你不要欺人太甚！"

工头站了起来："我早就看你不顺眼了！听说你读了几天书，就觉得了不起啊，你念再多书也是个背煤的，也是个在煤窑里黑到死的鬼！"说着朝旁边一招手，打手立即提着棍子上来。

好在是最后一趟，乡亲们立即围了上来，七嘴八舌地劝工头，说着好话，但是工头还是不让，走到焦裕禄跟前，踢了一下煤筐："你说，到底多少斤？"

焦裕禄刚要说"120斤"，乡亲们大声嚷着："60斤，工头的眼就是秤，工头说多少就是多少！"乡亲们的声音盖过了他的，工头有了面子，就不再说事了，给打手一个眼色，打手就站到一边去了。

他们一天干10个小时，每当出矿井时，已经累得走不动了。

到了这里，才知道哪有白馍吃，全是杂面馍，而且每个人吃多少，工头都记着数，回头用背的煤抵扣。

有一天，焦裕禄见到那个招工的熟人，说起"顿顿吃白馍"这个事儿，熟人摇摇头说："我当时也是被逼得没法了，如果我找不到人，我就没法活了。原来给我说的承诺，一个也没有兑现，现在又让我下煤窑。唉，忍着吧，怎么说也都比在家里好，凑合能吃饱，就是死了，也不是饿死鬼。"

就这样，撑到了月底，焦裕禄父子去找工头结工资。

工头看着焦裕禄，出言讽刺："本来可以给你们结，但是你这不知道'礼貌'的娃娃，仗着自己念了几天书，处处给我捣乱,回去吧,下个月,再给你们结。"

焦裕禄刚要说话,焦方田捂住了他的嘴。

又干了一个月,他们去结账。工头表现得很高兴,说正找你们呢,你们就找上来了,说着就递给他们一张纸。

父亲接着,却不识字,让焦裕禄看。只见上面写着拉他们来矿上的车费,他们到矿上的安家费、铺盖费分别是多少钱;连顿顿吃饭的馍多少个、稀饭多少碗都记得清清楚楚;甚至还有去矿里干活要交给日本人的税钱。下面是他们背的煤的数量,以及工钱,最后的结果竟是:焦裕禄父子还欠矿上一笔钱。

焦裕禄急了,大吼:"你们这简直是黑矿!"

工头一把上来,揪住焦裕禄的衣领:"你说啥?再说一遍!"

打手们也气势汹汹地冲上前来。

乡亲们立即围上来,把焦裕禄护住了。最后,焦裕禄父子无奈退让。

晚上下着雨,往住处走的焦裕禄父子垂头丧气,恰好碰到当初招工的熟人,低声对他们说:"忍忍吧,下个月,就只扣吃饭的钱了,这样一来,应该就能剩下钱了。"

焦裕禄立即问:"能剩多少?"

"咳,还不是看人家的心情——心情好了,多一些;心情差了,还得欠人家。"

一听这,焦裕禄悄悄对焦方田说:"咱们走吧,不干了。"

焦方田看看四周,压低声音说:"你还没有发现吗,这儿进来就出不去了。昨天就抬出去两个死人。"

焦裕禄也注意到了，立即对父亲说："今天晚上是个好机会，有雨，雨大声音也大，咱们后半夜跑，应该没问题。"

后半夜雨下得瓢泼一般，焦裕禄父子立即钻进雨中，万幸，没被发现，跑到了矿外面。

由于怕矿上的监工们追出来，他们一下子跑了几十里路。正好看到路边有一个破茅草房，父子俩已经喘不上来气，就钻了进去，估摸着离矿已经很远，两人倒在地上睡着了。

丧父

焦裕禄和焦方田在茅草屋里歇了一宿。醒来后一看天大亮了，问路上行人才知道已经远离八陡镇，二人这才放下心来，急匆匆往家里赶。

晚上，父子俩到家了，才知道家里已经断了粮，一点吃的都没有了。

本就饥饿困顿的焦裕禄父子精神上也垮了下来。焦方田蹲在地上哭了，焦裕禄跑到爷爷焦念礼的房间，看见爷爷躺在床上，大叫一声："爷爷——"焦念礼答应一声，起来了。

李星英过来，想上去搀扶焦念礼，但老人家却没有让，只见他走过去对焦方田说："哭啥吗？这青黄不接的时候，哭有啥用，去借一点吧，丰收以后还。"

李星英说，焦念礼已经糊涂多日了，见谁都说是焦裕禄，所以焦裕禄一回来，就清醒过来了。

焦方田不哭了，对借粮的这个想法不吭声，而是看着妻子，李星英叹口气说："有啥法呀？吃了三天榆树皮了，不能再吃了。去借吧,也许能用糠菜拌着,渡过这段时间。"

焦方田只好出去想法子借点口粮。后来一打听,本村地主焦兆忠家有钱,又是同姓,也算是出了五服的族人,于是就去了。

焦方田一进焦兆忠家,看见他正拿着水烟袋抽烟,就微笑着走上去。

焦兆忠站起来:"哎呀兄弟,多日不见,都说你到煤矿上挣钱去了,咋样?挣着大钱了吧?"

焦方田苦笑一下,摇摇头:"没把命丢在煤矿,就万幸了。"说着低下头,声音也小了,"家里实在揭不开锅了,你看……"

焦兆忠忽地站起来,仗义地说:"这有啥说的?谁叫咱都是焦家人呢!"他拍拍焦方田的肩膀,"你说个数,要多少?"

焦方田张了一下嘴,又抿住,想了想又说:"十块吧。"

焦兆忠很豪爽:"十块能够吗?一家人呢,少说也得十五块。"

焦方田摇摇头:"省省就好了,就十块。"

焦兆忠立即叫账房先生拿来了,交给焦方田,笑嘻嘻地说:"不用急,有了再还。"

有了钱,一家人能吃上饭了,但还是难以温饱,只是不饿死维持个命。焦家人就这样饥饿着,耕种仅剩的三亩半地,只盼着能有个好收成。

怎么也没有想到,一个冬天无雨雪,天干地旱,种在地里的青苗,到了春天返青的时候,却黄秧秧一片,伏在地上，没有生机。

焦裕禄和焦方田急得从河里拉水往地里浇，可是，那才能浇多少呀。

到了夏天，三亩半麦子，只收了八斗。

一家人正在发愁时，焦兆忠来了，笑嘻嘻地说："丰收了啊，恭喜恭喜！"

焦方田立即迎上去："三亩半地就收了这一点点，连一块钱也没有。"

焦兆忠也摇摇头："真是不好开口，我这也没办法了，日本人逼我逼得紧。"

焦方田一听，就知道意思了，连忙说："借你的钱我只用了五块，还剩五块，还给你。"

"也好。"焦兆忠接过这五块大洋，刚要出门，又说："剩下的五块，你也抓紧凑，咋也不能过了秋收呀！"

"好的好的！"焦方田连连点头，送焦兆忠出了门。

秋收以后，收成还算可以，但是由于地少，一家人的口粮还是保不住。焦裕禄每天晚上到邻村买些新鲜菜，第二天早晨到街上卖，赚个小小的差价，其实就是辛苦钱。卖菜半上午就结束了，焦裕禄就在街上支个摊子，打锅饼卖。

焦兆忠这时候来了，就站在焦裕禄父子的锅饼摊子旁边，说："秋收过了，钱该还了吧？"

焦方田笑着对焦兆忠说："实在对不起，我想着再过个把月，凑够了还你。"

焦兆忠问："现在有多少？"

焦方田不好意思地说："四块。"

焦兆忠拉下脸："怎么，还五块就够了？"

焦方田："我借的是十块，已经还了五块，不就是还剩五块吗？"

焦兆忠声音立即高了，后面跟着的几个大汉也凑了上来："以前还那五块，我念咱们都是焦家兄弟，亲不亲都姓焦，是一个祖爷爷，就没有要利息，但是后面这五块，你还想白用一年吗？"

焦方田连忙赔不是："是，是，那你说，得多少利息？"

焦兆忠带着账房先生，账房先生上前说道："十块。"

焦方田一听，大喊焦裕禄的名字。焦裕禄正好给人家送锅饼去了，老远就听见父亲的叫声，应声跑回来，才知道了事情的经过，便问焦兆忠："你这是个啥利息，咋的一年就翻一倍？"

焦兆忠手朝账房先生一摆，到一边散步去了，账房先生就和焦裕禄算，算了几遍也算不到十块，最后大喊一声："掌柜的，你不是说一个月半块的利息吗？"

焦兆忠正在那边晃悠着，立即唱起双簧："是啊？咋的了？"

账房先生很不满，而且声音很大："这个娃仗着他念了几天书，硬跟我算。"

焦兆忠晃悠过来："焦裕禄娃，你小，不懂事。你就算算，这一个月半块大洋的利息，十个月多少呢？五块！如果算上你爹夏天还的那五块，那就是六个月，又三块。我是焦家人，念着亲情，这三块就不说了也不算了，给你家面子了。"

焦裕禄不答应，看着焦兆忠的眼睛："本金五块，一个月半块大洋的利息，世上哪有高成这样顶到天上的利息，有字据没有？"

焦兆忠笑了一声："有啊。"

焦裕禄就让焦兆忠去拿，焦兆忠看着焦裕禄："你是个晚辈，跟长辈说话咋就一点礼数都没有？你能叫我拿我就拿？你叫你爹去取。"

焦裕禄一挺胸："我去取，我不信。"

焦兆忠朝账房先生和打手们招呼一声，就往回走。

焦裕禄跟了上去。他很自信，认为他们不会有字据，而且自己能识字有文化，不能再受欺负。

焦方田却拦着不让他去："娃呀，你在这儿守着锅饼摊子，我去。"

焦裕禄还要坚持，焦方田悄悄对儿子说："这些有钱人，心都是黑的，不知道会弄出啥坏事，咱家就你聪明，你哥哥又音信全无，你嫂子也带着娃在咱家过呢，你要撑住。"

焦裕禄知道父亲的心，就对焦方田说，只要是带字的，都不要按指印，拿回来让他看看。

但是，焦方田到了焦兆忠家，就由不得他了。焦兆忠让账房先生拿出一张黄纸，上面有字有指印，欺负焦方田不识字，就说："你看清了，这是你的名字，这是你按的指印，说好的五块钱本金每月半块大洋利息。"

焦方田大叫："这不是我的指印，我的名字也不是这个样子。"他抓在手里，"我让我娃焦裕禄看看再说。"

焦兆忠哪里会让他出门，一个眼神，一群打手上来，几下就把焦方田打昏迷了。他们先是立了之前的字据,抓着焦方田的手按了指印,接着又立了个欠款六块钱的字据,也抓着焦方田的手按了指印。等焦方田醒来,已经无力回天。

焦兆忠拍着桌子上的字据:"你看看,你叫你娃焦裕禄来看看,这有没有错?"

焦方田想要拿着字据给焦裕禄看,焦兆忠不让,让账房先生拿着字据跟着,还派去了两个打手。到了焦裕禄忙乎着的锅饼摊子前,账房先生亮出字据给焦裕禄看。

焦裕禄一看,白纸黑字红指印,全都有,就问焦方田:"签字据为什么不叫我去?"

焦方田一下子蒙了,经儿子一说,才知道还得向焦兆忠再还六块大洋。

账房先生把字据给焦裕禄看了,就收回去了,对焦裕禄说:"这下你知道了,你是个读书人,就得给家里撑门面,有账不怕,下些力挣钱还就是。"

焦裕禄虽然不承认,但是也束手无策。

焦方田一回到家,就闷闷不乐。焦裕禄非常担心父亲想不开,就跟着他,他发现父亲到爷爷房间里,和爷爷说话,说的全是些陈谷子烂芝麻的事。他声音还算平和,不是那种急火攻心的语气。焦裕禄在一旁听着,也就放宽心了。父亲一直和爷爷说了半宿话,爷爷开始糊涂着,说着说着清醒了,就对父亲说:"焦裕禄都十九岁了,得给娃寻个媳妇了。"

父亲对爷爷说:"想着这事呢,也有人提亲,特别是那个老郑家的,孤儿寡母的,也没有说要啥财礼,一起过日子就是。"

爷爷说:"差不多就办吧,不要等到焦裕禄过二十岁,让人笑话呢!"

焦裕禄在屋外听到这里,发现二人每一句话都平和在理,是过日子的情绪,他彻底放心,就去睡觉了。

第二天一大早,李星英端着瓦盆去柴房里给猪喂食,一进门就看见丈夫的身子挂在半空中,她顿时慌了,一边把丈夫往下放,一边大喊焦裕禄。

焦裕禄过来一看,扑到父亲身上,号啕大哭,父亲的身子却已经冰凉发硬了。

焦裕禄正哭着,听见身后一声响,回头一看,是爷爷,爷爷倒在地上,口吐白沫,不省人事。

这一天的万般不幸,让焦裕禄在极端痛苦中坚强起来,他咬着牙劝母亲和嫂嫂,还要照顾爷爷,一个家,他在不言中,以一个男子汉的形象,撑起来了。

笔者在北崮山村采访时,有两个老人还记得当时的情形,他们说没有想到这个刚刚成年的娃娃,就在处理丧事中,成了一个独当一面的汉子。此事多少年都在村里被传为佳话。

关于这一段经历,焦裕禄在工作自述中写道:

> 十七八岁(1940年—1941年),家乡不收成,日伪苛杂税严重,我与父亲卖菜卖油,打锅饼卖,冬天到黑山后煤窑做工,四一年家庭没啥吃,又欠下了外债……父亲终日愁闷上吊自杀。

进监狱

焦裕禄安葬了父亲，立即承担起养家糊口的重任。他和朋友焦念刚在南崮山村赊了一些酒，担到邻县去卖，在邻县再买些油担回来，赚一些差价。

但是他没有想到，日本人发展的汉奸队伍在南崮山村驻扎了一个中队。这些人甚至比日本人还坏，千方百计剥削老百姓。焦裕禄和焦念刚在去邻县的路上就遇到这些汉奸，他们本就因为检查不出什么违禁物品而恼火，加上焦裕禄二人也没弄清汉奸的丑恶心理，连想要贿赂他们的念头都没有，导致汉奸气急败坏，更想要为难他们。于是这些汉奸不肯放行，说要继续检查油桶。还没待焦裕禄和焦念刚把盖子打开，汉奸们就一刺刀捅开了木桶，油一下子流了出来。焦裕禄立即拿着衣服去堵，但为时已晚，桶里已经只剩下小半桶油。

这样一来，焦裕禄不但赚不到差价，就算把剩下那一点油卖了，都还不够赊人家的酒钱。所有计划都落空了。

走投无路的焦裕禄听说家乡有了为穷人谋利益的共产党，他们扒公路炸桥梁，打鬼子的汽车，他便积极寻求靠拢，期望跟着共产党，给家里带来生机。这时候，北崮山村的民兵组织有焦念来、焦念书、孙迎志，他们研究了一下，认为应该再考验一下焦裕禄。焦裕禄很急切，就主动协助共产党的民兵组织和游击队，站岗放哨，为群众办事。

就这样，日本兵和汉奸盯上了焦裕禄。

1942年6月，焦裕禄被日本人抓进监牢。

焦裕禄在个人自传里写下了这一段经历：①

十九岁（四二年）我村东南两方山沟的八路军游击队，力量较大了，经常扒公路炸桥梁，打鬼子汽车，有时夜间还能到我村要粮食贴标语。日寇扫荡也更加疯狂了，开始了五次强化治安，大规模的屠杀中国人民。这年闰六月二十二日早饭后，天气很热，吃过早饭，刚睡到床上想睡觉，忽然大门外狗咬非常厉害，我赤着脚光着背到大门口一看，两个鬼子一个翻译，持着枪在看我家门牌，我见势头不对，便出大门向南拐弯，想跑走，但未走多远，从正南过来两个汉奸便衣，各持手枪，迎头碰上，一把将我抓住，叫我带路，找一开杂货铺的焦念镐，到了焦念镐的小铺人已跑了，汉奸将小铺的钱、纸烟等收拾一光，便带我到了村外三辆汽车跟前，我一看汽车上已捆满了邻近三村的人，我对门一家的祖父焦念重也被捆上了汽车，鬼子汉奸还正在从四面向汽车跟前抓人，又从外村开来很多汽车，一齐开到了博山城西冶街赵家后门的日寇宪兵队，从此开始了人不能想像（象）的地狱生活了。

汽车到了宪兵队门口，被抓去的人下了汽车，一行行的跪在宪兵队院内，鬼子登记一个用皮靴踢一脚，便关入监牢，我被押入第一个监牢，一进门见到两人躺在

---

① 见殷云岭、陈新著：《焦裕禄传》，花山文艺出版社，1995年6月。以下个人自传的相关引文均出自本书。原始材料，未改动。

地下哭喊，后来问清才知道，一位是朱家庄村放牛的青年，正在山上放牛被抓去的，审问后，被日寇用火油烧的遍身焦烂，正在时而昏醒高声喊妈，并时而高喊小牛犊吃了人家庄稼打牛打牛。一位是郭庄村的老农民，审问后被日寇用铁锹将腿砍断了，还有三、四人，有的还未被审问，有的审问时打的较轻和只灌了凉水。我们一同被押进去的十几人一看都吓坏了，后来才询问已被审问者，日寇都问些什么，和如何问，他们对我们说，日寇一开始便问在不在共产党，在党就打的轻，何时不说何时挨打，灌凉水不说，就用报纸沾火油烧，到底不说就打死了事。我们一同押进去十来人便商量好了，日寇问时都说在共产党。说了少挨打，最后日寇要杀，死也死在一齐（起），每个人都在心惊胆跳的（地）等待审问，过生死一关。晚上牢门一响，我看到一个鬼子一个翻译，每人就有被鬼子用各种方法治死的危险。整个家庙内被押的几千人，终日都有被日寇用各种方法毒打，刺刀穿，男女裸体跳舞等等残（惨）无人道的迫害，差不多每夜都叫我们向外抬死人。

做劳工

过了一段胆战心惊的日子后，焦裕禄等人被押到了抚顺大山坑煤矿。这是日本侵占中国后得到的最大的煤矿，日本人称为"帝国的第一宝库"，日本人让中国的年轻人进行"人肉开采"。

焦裕禄在自传里这样写道：

在此家庙押到旧历十一月天，我们还都穿单衣，夜间挤到一个墙角内，冻的终夜不能睡觉，也不敢说话，夜夜盼望天明，天天想的是何时处死或放回家，十一月底忽然日寇从家中给要来了棉衣，十二月初将我们一部份人捆上了汽车拉到了胶济路张店车站日寇宪兵队，押在楼底层一间小牢房内，日寇对我们更惨（残）忍了，除每天只能吃到半斤粮食外，三十余人住一小牢，不能全坐下，只好一半站着一半坐着，白黑轮班休息，住了一个月后到一月底，一天夜里，鬼子将我们全部放出，五人捆在一起，押上闷罐车，从张店出发，一天一夜才到了济南，火车开到济南郊外，因不靠站，车门很高，又五人捆在一起，下不来，鬼子便一齐向下推，在下面的摔到石子上，有的腿臂都摔断了，有的鼻眼冒血。鬼子又将我们装上汽车拉到济南日寇最高宪兵队，在这里更受到了人想像（象）不到（的）惨（残）害。一天鬼子将一个牢中我们十人叫去，跪在一间房内，鼻子尖贴到墙上，一直跪了一天，晚上回牢，一天没吃喝，又饿又渴，我们二十余人一齐跪到地下向日寇宪兵队要水喝，跪喊了两个多钟头，日寇宪兵恼火了，一面骂一面将水管放开，接上皮管向屋里放水，一开始，我们都扒（趴）地下喝，一回（会）屋里水没腰深，我们都脱了棉花（衣）用手托着站在水里，鬼子在外边，一面拍手大笑，一面叫大大的米西米西，直到半夜后，鬼子才将水放出，我们只觉得浑身发麻，二十余人挤到一齐（起）一夜也未暖过来。

半月后，日寇将我们押到了伪济南政权的救国训练所，我们到时已有数千人，大部分为日寇抓去的老百姓和八路军，在此所内每天吃两顿饭，汉奸（给）每人发了一张编印好的誓词，每顿饭前有（由）一汉奸领着念，念完了再吃饭，誓词的内容记不清了，只记得头一句是：我等脱逃九死一生之难，由过去迷梦中觉醒而苏生。最后一句是：坚决反对共产主义。总之是感谢日寇不杀坚决反对共产党。

在此训练所住了六、七天，并轮流检查了身体，又将我们交给了抚顺劳工招募所，每人发一套破棉衣，送上火车到了抚顺市大山坑煤矿，下煤窑。到煤窑后，因所有人都在宪兵队被折磨了半年多，只剩一身骨头，不能走路，但还要下坑，每天早晨，大把头拿着棍子到宿舍查一遍，谁不下坑便用棍子毒打。再加上有些人因在宪兵队吃不饱又吃不到油盐，到煤窑后叫吃饱了，但吃的过多肠子涨破了，有些人得了病不能治，不到一个月，我们附近村被抓去的老百姓又死去十几个，只剩下我们三人了，我对门一家的一个祖父焦念重也死在此煤窑了……

焦裕禄有心，凡是能到外面的机会，他都不错过，他发现，这里附近几十里没有人烟，周围还有几个大碉堡。矿的周围，还里三层外三层地拉着铁丝网，不可能有人能逃脱出去。但是焦裕禄想着，只要有机会，一定要逃出去，他在心里记下了每一个碉堡的位置，还有能钻过去的铁丝网沟坎处。

这儿简直就是地狱，工人们每天工作十五个小时以上，晚上被关在小得不能再小的屋子内。冬天的抚顺，寒冷程度大家可想而知，又加上事故不断发生，有的工人正在挖煤就倒下了，有的则在运煤中昏死过去，但矿上根本不给治，看着奄奄一息了，往万人坑里一扔了事，有些人甚至没有死，在那里绝望而亡的。

焦裕禄看在眼里，心里琢磨着对策。

他和工友们商量对策——井下工作时，在最外边有工友放哨，只要汉奸和日寇来了，就弄出响声，大家赶紧干活，只要没有响动，大家就可以休息。

斗争

过了一段时间，工头发现煤出得少了，就起了疑心，给杨工头下了死命令，要他找出原因。

焦裕禄和一帮年轻人渐渐知道，他们的杨工头是个内奸。他们私下不但不能说反对日本人的话，就连工作稍微慢点，都会被杨工头发现，报告给日本人，轻则被打一顿，重则掉脑袋。

焦裕禄和几个年轻人发现，杨工头每天都躲在一根大矿柱子后偷窥工人工作。于是，为了惩治杨工头，他们趁杨工头不在时，把那根大矿柱顶端的木楔子取掉了。杨工头当然不知此事，照样躲在那里偷窥，没想到炸药炸矿时，巨大的震动将柱子震得摇晃，没有木楔子的矿柱顿时倒了下来，杨工头被埋在了煤堆里。只要大家不救，杨工头必死无疑。

正当大家高兴的时候，焦裕禄却让大家把杨工头挖出来，大家不解，焦裕禄对大家说："他是为日本人卖命，但他也是没办法，他也是我们中国人。"

一听这话有理，大家立即把杨工头挖出来。

杨工头死里逃生，对焦裕禄感激涕零，从此以后，他不但不会跟日本人说工人们坏话，还主动为工人们争取休息时间。

这样一来，煤自然出得更少了，于是日本人以杨工头监督不力为由，将他调开，来了一位日本兵当监工。

这个监工年轻气盛，又喜欢摔跤，见一个工友虎背熊腰，便约他摔跤。工友本来一口答应，焦裕禄却感到大事不好，他对工友说："千万小心，你赢了他，他生气；你输给他，你窝囊，左右不是，一定要把握好，保命要紧。"

工友点头称是，到了摔跤台上，却一时性起，把日本人摔倒了，日本人不但没有生气，还竖起大拇指称赞他，让他再来。工友以为日本人不在乎输赢，就放开胆子摔，一连让日本人输了三次。

日本人脸上的笑容不见了，让工友立正，后退三步。工友知道坏了，但一下子没有办法，只好后退。

没想到日本人抽出军刀，一刀刺进工友的胸膛。

焦裕禄等工友气愤极了，焦念重大吼着冲过去，试图从日本兵手里夺过军刀，日本人哪里容他到跟前，一刀把他的头皮削掉了。三天后，焦念重死了。

焦裕禄和同乡们敢怒不敢言，于是就想着报仇，渐渐地酝酿成了复仇计划。

日本兵监工下井了，焦裕禄依着计划给大家送水。监工对焦裕禄喊，让焦裕禄给他送水喝，焦裕禄向大伙微笑一下，大家心领神会。焦裕禄把水递给日本兵的时候，一把抓住了日本兵的三八大盖，工友们立即蜂拥而上，铁锨齐上，几下就把日本兵给打死了，然后不停歇地把日本兵埋在煤堆里。

但是，一个日本兵失踪，不可能不引起日本人的注意，而且他们有狼狗，准能找到尸体。所以，此时如果有一个工人逃出去，大家就可以把杀人一事推给他。

谁来承担这个杀人一事呢？

要逃出去，谈何容易，矿外有三道铁丝网，而且有高楼岗哨，还有狼狗巡逻，能逃出去的概率极小。

正在大家一筹莫展时，焦裕禄站出来说："我来。"

工友里有一位老矿工，他悄悄告诉焦裕禄，他是共产党人，还偷偷塞给焦裕禄一把老虎钳，让焦裕禄趁着夜色，跑出矿工宿舍后跑向第一个铁丝网。

焦裕禄非常敏捷，迅速到了第一道铁丝网，很容易就剪开出去了。正剪第二个铁丝网时，日本人的探照灯就照过来了，他连忙趴下一动不动，之后顺利逃出了第二道铁丝网。到达第三道铁丝网后他才发现，这一道是双重的铁丝，无论他怎么用劲儿都剪不开。本想换个地方剪时，一根剪开的铁丝扎进了他的胳膊，他已经顾不得了，任血流着，挪到了一处只有一道铁丝的铁丝网，迅速剪开，跑了出去。

他忍着疼痛一路狂奔，两个小时后，他走到一条小路上，这才放慢脚步，朝家乡的方向走去。

此时，他才敢放松下来，想起了家中年迈的母亲，不自觉地流下了泪。

走着走着,他在路上遇到了一个乡亲,和他说在附近谋生。乡亲是个好人,看到他这受伤的模样,让他先去家里住几天,养好伤,养足精神再走,还给他介绍了一些碎活谋生。

三个月后,焦裕禄挣了一些工钱,便拿着钱回家看望母亲。

一路上,焦裕禄昼夜兼程,饥渴交加,回到家看见母亲头发已经白了,他鼻子一酸,高声叫了一声"娘——"就扑到母亲怀里,昏迷过去。

母亲给焦裕禄灌了汤药,三天后,焦裕禄才醒过来,知道了家里的悲惨情况——原来,他离开家的这一段时间,爷爷去找日本鬼子求情,求他们放了焦裕禄,结果被日本鬼子捅了一刺刀,几天后就死了。嫂子在日本鬼子来家里搜查时,躲在被子里,日本鬼子虽然没发现她,却挑破了床上的褥子,吓得她精神错乱,没多久也去世了。听了这些,他已经没有眼泪了,咬了咬牙,坐起来对母亲说:"娘放心,我能撑起这个家!"

逃难

虽说焦裕禄回到家了,但并不能像之前一样随意出门。因为他没有良民证,没有的就会被抓走,所以焦裕禄就躲在家里。

正好这时,郭家庄原来提亲的人家也知道他回来了,就悄悄带着新娘过来,岳母也跟着来了。

有了媳妇,焦裕禄身上的担子更重了,必须多挣钱养家。

就在这时候,村里的乡亲拉着他去当兵,说是叫和平救国军,还有工资。结果他们去了之后才发现是在伪区公所当汉奸。但是人来了肯定是不能跑了,他就在心里盘算,现在如果死了,不但母亲没人养,媳妇和岳母更没人管,得先想办法稳住。

轮到焦裕禄体检了,日本翻译向他要良民证,焦裕禄谎称没带,同村的人也证明他忘记带了,这一关总算是混过去了。但是之后鬼子又把他们拉到城外,让他们围着一辆汽车跑三圈,焦裕禄知道这是测验他们的身体状况,就故意在跑步的时候摔倒,而且佯装站不起来。鬼子一看,让翻译将他赶了出去。

当时在博山,有几股势力交织着,焦裕禄仔细观察后,知道不能继续待在这里生活,他听说宿迁那边日子好过一些,就准备带着家里人到那边去。

他怎么也没有想到,此时却来了一帮人,说他们是共产党,让焦裕禄帮他们做地下工作。这些人总共三十多人,有几杆枪,每天晚上到村里去抓人,抓到一个就吊起来打,然后让家里人送来钱或者粮食赎人。

这就让焦裕禄起了疑心,但这帮人却对他说:"抓来的都是地主老财,都是吃人民血的人,不收拾他们收拾谁?"

几天后,他发现吊打的正是他们村的一个穷困户,知道自己上当了。后半夜,趁值班的人睡着了,他跳墙跑了。

他同母亲商量,想要带着全家人离开乡里。母亲想了想,让他还是带着媳妇和岳母去宿迁,自己在家守着三亩半地。

焦裕禄到达宿迁已经是1943年的下半年,他们在一个叫双茶棚的村子落脚。他们将行李安置在一棵大榆树下,焦裕禄让岳母坐在榆树下的石头上休息,他和妻子小郑一起到村子里寻找活计,看看是否有人家需要帮工。但是他们问了快半个下午,都遭到了拒绝,这时他们看见一个饭店,心想也许能有机会,便径直走进去。老板正在店里后院劈柴,一听他问,就把斧子往木头桩子上一扎,问他会不会劈柴。

焦裕禄知道有门,二话不说,上去就噼里啪啦地把一堆柴劈好了。

老板一看,很满意,先让他们两口子在店里吃饭。

焦裕禄很高兴,就对老板说,家里还有岳母,正在村头的榆树下等他们,是否可以叫来。老板点点头。

小郑去找母亲,母亲一听,喜忧参半,问道:"是不是就管一顿饭?"

小郑笑笑:"不知道,老板看着还行,起码能吃一顿饱饭,先去了再说。"

虽说是家饭店,但是兵荒马乱的年月,很少有人来吃。这顿饭菜,也就是一锅稀饭、一盘拌青菜、一盘杂面馍,但焦裕禄一家也很感激。

焦裕禄吃得很急,一下子吃了三个馍,然后呼啦啦喝了两碗稀饭,几乎没有吃一口青菜。他吃完了对老板说:"我也会做锅饼,跟这儿的不一样,但是山东人爱吃。"

老板一听,就让他做一锅瞧瞧。

恰好晚上要做馍,面已经发好了,焦裕禄便轻车熟路地按照家乡的做法，做了一锅锅饼，然后让老板尝尝。

老板一尝，说多少山东人路过这儿，都要吃这种锅饼，可惜我们没有人会做，这下好了，有你了，就有生意了。

老板娘听说后也跑过来尝尝，说确实好吃，比宿迁的蒸馍筋道一些，有嚼头。

老板让焦裕禄的岳母和妻子到院子后面的厢房休息，而他则跟焦裕禄谈工作条件。由于这战乱年月，店里经常没生意，所以想让焦裕禄一家在这里吃住，但是不给工钱。

焦裕禄立即答应了。

老板告诉焦裕禄，他姓张，还把他的名字告诉了焦裕禄。焦裕禄也说了自己的名字，并且伸指蘸着碗里的水在桌子上写下自己的名字。

张老板咧开嘴："你还是个读书人？"

焦裕禄点点头："念了高小。"

张老板立即出去拿来挂在门外的木牌子，又拿来笔，让焦裕禄把山东锅饼写在炒菜、面条、米饭后面。

焦裕禄写好以后，老板看看，摇摇头："这不比不知道，你这字一写，前面的字就显得难看了。你看能不能这样，再写一个招牌，你把这些重新写上。"

焦裕禄当然同意，于是张老板拿来一块木板，用抹布抹了抹，才叫焦裕禄写。

焦裕禄一边写一边想：文化呀，文化是可以顶饭吃的。

写好后，张老板高兴得合不拢嘴，立即挂到门口了。

焦裕禄到了后院，给妻子和岳母一说，妻子笑了，岳母也笑了，说："这下不用再要饭了，人家也不会叫咱叫花子了。"

焦裕禄为人聪明，做事勤快，深得张老板喜欢，但是在这朝不保夕的年月，饭店的生意非常难，虽然焦裕禄不要工钱，但是多了三张嘴，张老板还是有些吃力。

一天中午，来了一个中年人，叫胡泰荣，跟张老板是熟人。张老板留胡泰荣吃午饭，特意让焦裕禄新做了山东锅饼。胡泰荣尝了之后，大声叫好，于是老板引荐焦裕禄给胡泰荣认识，并说他是逃难来到宿迁的文化人。之后还拉着胡泰荣到门口看了牌子，说这就是焦裕禄写的，你看这字，美得很呢！

胡泰荣心里通透，就小声问张老板，是不是想给他塞一个长工。

张老板点点头，说这样的长工不好寻。

胡泰荣就答应了，笑了一声："从明天起，我有山东锅饼吃了。"

张老板就跟胡泰荣说，人是个好人，多少也得给人家一些工钱。

胡泰荣答应了，也跟张老板商量了一下工钱，让焦裕禄明天就去做活。

傍晚，饭店来了一拨客人，吃完饭天都已经全黑了。焦裕禄和老板一起收拾完后，就坐下来喝汤。喝汤是本地人对家常晚饭的通称，但也确实是喝汤。

张老板加了个花生米，又拌了个凉菜，让焦裕禄一家人和自己全家一起喝汤，并在他和焦裕禄面前放上了酒杯。

焦裕禄有些吃惊："老板，这是？"他首先想到的是，莫非店里的生意不好，不打算让他继续做帮工。

张老板倒上酒，让他举起来："喝一个。"

焦裕禄端起杯子，碰了杯，一口干了。

张老板又招呼他吃菜，可焦裕禄哪吃得下呀，但张老板不说，他也不好开口。

直到小郑和岳母吃完饭回后院，张老板的家里人也吃完了，张老板这才说："不是我不想让你在这儿干……"

焦裕禄只觉得脑袋"嗡"地一下，他低下了头，一下子不知道怎么应对。

张老板这才又说："你看那个胡先生，人咋样？"

焦裕禄抬起头，茫然道："哪个胡先生？"

张老板："就是在咱这儿吃中饭的胡先生。"

焦裕禄立即说："看着是个能干的人。"

张老板说："我很不情愿让你到别人家去干活，但是在我这儿，只能吃住，没有工钱，这对你不公平。我这生意你也知道，清汤寡水的，如果给你支了钱，我们家也就过不下去了。"

焦裕禄立即说："不用不用，我一家人在这，能吃饱，能有住处，就很满意了。"

张老板低下头："我已经跟胡先生说了，让你去他家做长工，也有工钱，你看行不？"

焦裕禄一听，心里别提多暖和，禁不住端起酒杯："张老板，敬你一个！"

第二天早晨，焦裕禄带着妻子和岳母，就去了胡泰荣所在的村子。

焦裕禄在《党员历史自传》里这样描述他在这里当雇工的生活：

> 半个月后，……我到城东二里第二区园上村地主胡泰荣家当雇工。我与女人在地主胡泰荣家当雇工，住在地主一头是猪圈一头是牛草的小棚里，女人纺花，老岳母要饭，我给地主种地……我在胡泰荣家当了两年雇工，第一年挣五斗粮食，第二年挣一石五斗粮食……

1945年是个重要年份，首先德国法西斯被打败了，然后美国在日本放了两颗原子弹，再后来就是苏联出兵东北，之后日本投降。

这天，焦裕禄正在田里锄地，看见路上很多人脸色各异，过去一问才知道发生了大事。晚上，他跑到附近几个村庄，找到北崮山村也在这里扛活的老乡们，大家也都知道了日本人投降的消息，这太让他们高兴了。

高兴过后，他们又开始发愁，因为家乡总有一些人无论啥时候都是他们欺负老百姓。日本人来中国以前，这帮人压榨老百姓；日本人来了以后，这帮人成了汉奸，照样跟着日本人吃香的喝辣的；这日本人一走，可能还是这些人，虽然说日子会比日本人在的时候好一些，但是总归还是会欺压百姓。

老乡们在各个村打零工的时候都已经听说了共产党的好，大家知道只有共产党才是真正为人民办事的人，纷纷都希望共产党来当权。

这天晚上会面以后，几个老乡约定每天见面，交流最近的形势变化。终于有一天，一个去县城的老乡回来了，他告诉大家，共产党的军队在博山驻扎了，博山是共产党的天下了。

这真是天大的好消息，他回家立即告诉了妻子，妻子连忙叫醒已经睡着的母亲，把这喜讯告诉她。

焦裕禄把几个月大的小女儿抱在怀里，高兴地对妻子说："咱们活到这么大，一直都在受苦，现如今共产党在博山了，咱小梅就有好日子了。"

这个小梅是焦裕禄的长女，上学时取名为焦守凤。

第二天，焦裕禄去跟地主胡泰荣告别。

胡泰荣正在与一个长胡子老汉下棋，看见焦裕禄，招手让他来："快快，我被他杀得片甲不留，你来。"

焦裕禄当矿工时学过下象棋，当时也是为了排解心中的忧虑，但是他善于学习总结，下得也就比别人好。

焦裕禄客气了一下，走了两步，弄得那个长胡子老汉直捋胡子，又抬眼看看焦裕禄："你是从哪儿来的？这么硬的棋风？"

焦裕禄连忙点点头："不敢不敢，我是胡家的长工。"

长胡子老汉一愣，看着胡泰荣，手在棋子上一推，棋盘上的棋子就乱了。

焦裕禄连忙站起来："得罪了。"

长胡子老汉问了焦裕禄从哪儿来的，一听说他是从博山来的，就对胡泰荣说："他家那儿，现在是共产党的天下了。"

胡泰荣说："是的，我知道，正准备告诉小焦呢，共产党一掌权,对穷人好,从现在看,也没对富人下手。是个好党。"

焦裕禄这才说,他就是来辞行的。

"好吧。"胡泰荣说,"我叫人给你把账结了。"

焦裕禄笑笑说:"咱家的驴,还有独轮车,能不能卖给我?"

胡泰荣答应了:"我给你比市场上的价贱一些,毕竟你在我家待了两年,有感情了。"

焦裕禄说了感谢,就离开了。他听见胡泰荣对那个长胡子老汉说:"这是个机灵的小伙子,以后,一定能混出来。"

但是,第二天算账时,焦裕禄才知道,胡泰荣根本没有给他少算钱,独轮车和驴子的价钱和市场上一模一样。

"地主就是地主呀!"焦裕禄在心里感叹。他推着独轮车,岳母坐在上面,怀里抱着小梅,妻子牵着驴子跟在他们后面,驴背上驮着他们的行李。

附近几个村庄的老乡也来了,大家一起回家。焦裕禄在后来的回忆中说,当时有在黄台村、郭庄村、皮峪村扛活的几家人,聚在一起往回走,甚至有点浩浩荡荡的样子。

他们到达北崮山正值太阳最红最晒的时候,焦裕禄看见家后面的小山,就激动得流下眼泪,妻子抱起小梅:"小梅,到家了,咱到家了,你生在宿迁,但你可是这儿的女娃娃呀!"

2.参加革命,年轻的执火者勇往直前

日思夜念老娘亲,日思夜念北崮山下的家,焦裕禄终于

敢光明正大地回家了。

他带着妻子和岳母,大白天走进自家的家,高声喊着:"娘——"

李星英从屋里出来了,老泪纵横,伸出双臂,紧紧抱住儿子:"裕禄,娘想你!"

"娘,我也想你!"

"我想着,这儿日子好了,是穷人的天下了,你该回来了!"

"娘,就是因为这,我才回来了。"

村里人听说焦裕禄回来了,很多人拥挤在他家院子里,七嘴八舌地说着:"共产党游击队把咱这儿的土匪快剿净了,还建立了民兵组织,方开叔是队长!"

"方开叔!"焦裕禄眼睛一亮,"就是咱本家的焦方开叔?"

"那还有谁?"

"太好了!我立即找他去,我要跟着方开叔当民兵!"

"不用找我了。"一个洪亮的声音从门外传来,是焦方开来了。他拍拍焦裕禄的肩膀:"好,太好了,组织上已经把你在煤矿上怎样斗鬼子的事通报过了,就等着你回来干革命呢!"

焦裕禄咧开了嘴:"我在矿上的事,您也知道了?"

"当然,矿上的党员汇报给组织,说你顶着被杀头的危险,自个儿担了杀鬼子的责任,通过三道铁丝网,逃出了虎口。"

拦婶子

从那以后,焦裕禄自然是正式加入了革命队伍,在党组织的领导下投入革命工作。

这年冬天,博山遇到粮荒。博山本地好些,但解放区和国统区,粮食都很紧缺。于是想办法把粮食送到解放区,就成了民兵的任务。

这天晚上,焦裕禄在路口站岗。天很黑,他听见远处有脚步声,随着脚步声越来越近,他分辨出来的人是本家的亲戚,是他的婶子。

他伸手挡住了婶子,问道:"婶子,是有什么事吗?这大半夜的,您是去哪儿?"

婶子立即压着嗓子,摆着手说:"千万小声点儿,不要让别人听到。"

焦裕禄却没有压低声音:"怕啥吗?咱又不犯法。"

婶子慌忙碰碰焦裕禄的胳膊:"就是犯着共产党的法呢,这不寻你娃给放个行呢。"

焦裕禄看见婶子身后背着一个大袋子,便问:"要拿到哪儿?"

婶子朝周围看看:"婶子也就不瞒你,带了一些粮食,换点钱花。"

焦裕禄听了,点点头:"好啊,你去解放区吧。"

婶子为难了:"为啥找你呢,就是因为国统区粮食贵,解放区便宜,所以想去国统区。找你通融一下。"

焦裕禄说:"婶子,你忘了国民党那些人是怎么迫害你的了吗?他们把咱们害得妻离子散,是共产党给咱们带来了好日子，现在咱们才不怕粮食被人抢走，才能有余粮卖啊！你倒好，要卖给国民党。"

婶子一听，面有难色，流下泪："我也是一大家子人要生活呀，哪一个不是花钱的主呀！"

焦裕禄看着婶子，为婶子抹去泪，问道："国统区现在已经很紧了，只要三日无粮，就撑不住了。婶子，你是不是想让他们撑住呢？"

婶子摇摇头："话是这话，但是就咱这一点粮食，也供不上国民党那么多的部队，咱卖给他们呢，一家子就能活了。"

焦裕禄提高了声音："如果大家都这么想，都把粮食卖给国民党部队，那他们就能继续撑下去，就能继续作威作福，咱们的好日子啥时候才能到来呢！"

婶子一直给他比画，一直小声说让他压低声音，因为远处突然来了人。

婶子心虚，知道这下办不成了，就对焦裕禄说："我不知道哪条路能走到共产党部队那儿，你给我说一下，小心跑错了。"

焦裕禄笑了："还是我婶子明白事理，只要有婶子这样的人支持，共产党一定能打赢天下。"

打伏击

之后，焦裕禄被调到博山区武装部工作，很快被任命为八陡区武装部干事。这里是解放区的边缘，还有国民党的部队经常扰民抢掠，焦裕禄肩上的担子很重。

为了给敌人一点颜色，他和区里的其他领导一起摸索出了敌人的出没规律，在山区的弯曲小路周围设置了埋伏。

这时候的天气奇热难耐，大家每个人身上都带着干馍，到达山包上的时候已经喝饱了水，带的水也所剩无几。大家都渴得不行，又不敢动，就在太阳暴晒下硬撑着。一直到了下午，大家实在撑不住了，挨饿大家都还不怕，被蚊子叮咬大家也能忍住，唯独这渴，把大家弄得像火烧一样。一个民兵悄悄对焦裕禄说，要不他下山去灌几竹筒水上来，先解了大家的渴。

焦裕禄看看周围，又看看远处的路，看着有人不断来往，就对大家说："谁能保证，这路上的行人中没有国民党部队的探子？"

这一问，把大家问住了，没有一个人吭气。

焦裕禄就对大家说："我被日本人抓去那回，一天一夜没水喝，也没有渴死。我们已经在这里坚持到下午了，如果埋伏暴露了，所有工夫都白费了。所以，大家一定要坚持到晚上，等天黑以后，再下山弄水，外加一些干粮。"

大家觉得焦裕禄说得有道理，就硬是忍到了晚上，才解决了喝水问题。后来经历过此事的老乡回忆说："我一辈子没有那样喝过水，一下子把水喝得涨大了肚子，半天消不下去，过一会儿，猛尿了一大泡。"

三天后的晌午，他们发现路上迎面走来一群人。有人推着车子，车上放了些破衣烂衫，看起来像是讨饭的人。大家就悄悄议论："看这样子，应该都是些讨饭的穷人。""这么热的天还讨饭，日子真过不下去才会这样呀！"

焦裕禄却悄悄问大家:"发现问题没有?"

大家摇头。

焦裕禄问:"为什么讨饭的队伍中,都是青壮年,没有老少?"

大家一下子警觉了,气氛顿时紧张了。

"这肯定是敌顽!"焦裕禄说,"做好战斗准备!"

大家立即进入战斗状态,在预定位置上准备好。之后,焦裕禄站了起来,有意暴露自己,让敌人看见。如果是逃难的人,不会在乎山上是否有人,而如果是敌顽,肯定会惊慌。

果然,焦裕禄刚刚站直身子,敌人就发现了,也不顾伪装了,叫花子立即变成了军人,呼啦啦地从伪装物里拿出枪,伏下身子就朝焦裕禄瞄准射击。焦裕禄一闪,他们就打上来一梭子,焦裕禄又暴露一下,他们又打来几梭子。

焦裕禄立即弯下腰,朝后面跑去。

这是他们之前的部署,焦裕禄和战友们假装害怕,朝山后跑去了,敌人也就高叫着冲了上来。

大家都跑到藏身处后,只剩下焦裕禄有意跑在最后边。等他跑到一座破庙后,回身朝敌人开了一枪以引起他们的注意。敌人一看,只有焦裕禄一人,就穷追猛打,没想到就要到达破庙跟前时,踩住了地雷,死伤一片,鬼哭狼嚎。这次埋伏以胜利告终。

这一次让敌人吃了大亏,焦裕禄知道,敌人绝不会善罢甘休,一定会出来报仇。

果然,有人在附近村庄发现了敌人派来的奸细。奸细装成讨饭的,一边要饭一边从人们嘴里套消息。其实不难辨认，要饭的穷苦人都面黄肌瘦，奸细再伪装，也没有饿得皮包骨头。

于是，焦裕禄让一个干活的小伙子有意走漏风声，说北崮山村有个年轻人干了一件大事，把国军给坑得人仰马翻。

奸细一听，就到北崮山村去了，结果到村子里一看，发现门户上贴着"一营""二营""一连""二连"等字样，竟然还有贴"团部"的。奸细就回去报告说，北崮山村确实是祸害国军的民兵所在地，但是不敢去打，因为共产党的大部队马上就到村子里了，房子都准备好了。

敌军从此不敢轻举妄动，但是过了一两个月，并不见我军人影，就知道上当了。于是他们精心准备，带足弹药，从岳阳山悄悄翻过来，要给焦裕禄他们一个出其不意。

两个哨兵发现了敌情，立即报告。

这种情况，焦裕禄早就有预感，他让战士们平时守在山岗上的战壕里，一有情况，就按计划行事。

于是，焦裕禄等到敌人接近我部战壕时，突然拿出军号，吹响嘹亮的调兵号。

战壕里的民兵听见号声，立即跑步到岗，然后按兵不动，声响全无。

所有这一切，都是正规军的做法，敌军一看，认为遇到我方主力部队，立即撤退了。

这场较量后，焦裕禄会指挥打仗的事在北崮山出了名，甚至被编成了儿歌：

焦裕禄，本事高，

敌人来，他不跑，
爬上岗山吹洋号，
什么号，调兵号，
吓得敌人哇哇叫，
爬着跑，滚着跑，
又拉屎，又拉尿。

审俘虏

那时候我方的情报是互相通知的，特别是上级组织，收集到各方的情报后，需要给哪个方面通知，就立即派交通员昼夜兼程赶去通知。这天，上级突然派交通员告诉焦裕禄，有一股敌人要突袭北岗山，让他们做好准备，不要让敌人占了便宜。

形势一下子变得严峻起来，焦裕禄给大家排好班，轮换着放哨站岗。

第三天傍晚，有两个人朝着北岗山村子的方向走走看看，站岗的民兵发现了，先没有打草惊蛇。待他们走近后，岗哨民兵立即大喝一声："贼头贼脑的，干什么的？"

没想到这两个人立即从怀里掏出拨浪鼓，哗啦啦摇起来，这是货郎的标志。一边摇着还朝岗哨看了一眼："买针线不？"另一个补上一句："便宜。"

焦裕禄在另一个岗哨，看到就赶了过来，围着他们看了一遍，看得他们心发慌："这这这，小伙子，你这样看我弄啥？"

焦裕禄斜了他一眼："我看你细皮嫩肉的，咋看也不像个货郎。"他突然提高了声音，紧盯着这两个人，"到底是干什么的？到哪儿去？"

其中一个摇了一下拨浪鼓："我从小就长得细皮嫩肉，晒也晒不黑，我就是个货郎啊。"

另一个做出一脸苦相，像是要哭的样子："你们可不能冤枉良民呀！"

一个民兵端起枪："你再不说实话，我一枪崩了你！"

另一个民兵拿起刺刀朝着所谓的货郎："崩了他们太便宜了，我用刺刀捅死他们。"

焦裕禄摆了一下手，对两个民兵说："我说，咱们可是民兵，对任何人都要讲政策，不能胡来，先摸清楚了再说。如果真是奸细，那也要看他们的犯罪程度。"

两个民兵一听，就把枪放下了。焦裕禄让他们把这两个人分开押到村边的房子里，关住不管。

这两个"货郎"离得远，互相喊叫也听不见。

焦裕禄喝了一瓢水，洗了一把脸，就听见离他近的那个家伙喊："放了我呀，我可是真正的良民！"

"这么热的天，你不能热死我们！"

"热死了也是要偿命的！"

焦裕禄打开门，看见这家伙把上衣脱光了，全身都在流汗，就笑笑说："我说叫你早点交代吧，你偏不，还说你是个货郎，你这样子像货郎吗？货郎走村串寨，成天在大太阳底下，哪会像你这样这细皮嫩肉！"

那家伙向焦裕禄作揖："哥，你是我的亲哥、大爷，你是我的亲大爷，求你放了我，我家还有大大小小十几口人呢，还有一个八十岁老娘。"

焦裕禄看着他："那你还不老实点，早交代了，不就回家了吗？"

那家伙两手一摊，可怜兮兮地说："我真是货郎呀！"

焦裕禄"啪"地一拍桌子："到啥时候了你还装蒜！你那同伴可是已经都交底了，你要是再不老实，我可就不再管了，刚刚民兵怎么说的你也听见了，他们可是真能说到做到！"

那家伙半信半疑地盯着焦裕禄："他真说了？"

焦裕禄往门外走："我骗你弄啥？反正我们也知道你们的事了，你说不说都不要紧，我让他们两个来吧。"

这家伙立即跑过来，拉住焦裕禄："大哥，我的好大哥！大爷，我的好大爷！我跟你说，我跟你说。"他头一低，"我们两个，他是头儿，级别是排长，我们叫他张排长，任务是派给他的，由他指挥我行动。"

焦裕禄看着他："反正我也知道了，你说说，我看准不准，你们要弄啥坏事？"

那家伙头更低了："队里想偷袭北崮山，打垮你们民兵，让我们来摸一下底子。"

焦裕禄笑了："这不就对了嘛！"他朝外面喊了一句，"给他弄瓢水喝。"说完，他就出去走到另一所关押的房子。

焦裕禄踢开门，大叫："张排长，待在这屋里是不是看不到北崮山的情况啊？"

那人一听，见焦裕禄不仅说出了他的官职，还说出了他来这里的任务，便蔫了，说："既然你们知道了，如果我说了，你能放了我不？"

焦裕禄说:"那要看你说不说实话。"

"我说,我如实说。"他恳切地看着焦裕禄,"队里已经集中了快一千人马了,派我们来,要摸清你们民兵住在哪儿。特别是你们这里有一个叫焦裕禄的,他给队里造成的损失太大,这一回行动,上面要求千方百计也要把他除掉。"

焦裕禄笑了:"你看我是谁?"

那人不明就里,摇了摇头。

焦裕禄拍拍胸脯:"我就是焦裕禄。"

入党

就这样,焦裕禄在民兵组织里迅速成长。他知道好日子来之不易,所以特别珍惜。

北崮山的党组织对焦裕禄的过往经历了如指掌,特别是焦裕禄让敌人恨得牙痒痒,说明焦裕禄在队伍中做出了重要的贡献。于是,北崮山民兵队队长焦方开和民兵支部书记李景伦找到中共博山组织部的组织委员焦念文,推荐焦裕禄入党。焦念文听后,表示:"这样的好同志,正是我们目前急需的!"然后他就前去跟组织汇报,过了一会儿回来,带来了区委书记,并表了态:"立即吸收焦裕禄同志入党,壮大我们的力量!"

1946年1月,焦裕禄光荣入党。他是这样写的:

一九四六年一月,民兵队长焦方开及在我村领导工作的区委组织委员焦念文,将我叫到农民焦念祯家入了党。这时党员是绝对保守秘密的,入党时也未举行仪式,只有支书李景伦讲了下党章和念了几遍党员教材,介绍了谁是党员,告诉我候补三个月。①

1994年,支部书记李景伦写了以下证明材料:

> 曾有河南省开封地委来我处了解焦裕禄入党的情况与家庭、个人出身等等情况。焦裕禄贫农成分,解放前外出逃荒。他回到家时,北崮山正在开展对地、富、反革命的清算斗争,组织地方武装。焦裕禄参加了民兵,上级同意。(区委设崮山)后让焦裕禄担任民兵班长,并发展为党员。
>
> 焦裕禄的阶级斗争立场坚定、稳固。党交给他的任务,千方百计完成。曾几次到敌占区侦察情况,起到很大的作用。那时我在北崮山坚持边沿斗争,是县里派下去的。任务是发展民兵,对敌清算,动员南下。焦裕禄就是第一批南下的干部……

抓恶霸

入党以后的焦裕禄肩上的担子更重了,他已经完全融入组织中。这天晚上,小梅突然半夜哭闹,妻子立即抱起小梅哄着:"小梅小梅乖乖乖,你爸今晚在家呢,要让他睡好觉,才能干大事。"

但是小梅还是哭,焦裕禄抱过小梅,摇一摇,小梅不哭

---

① 见殷云岭、陈新著:《焦裕禄传》,花山文艺出版社,1995年6月。

了，还朝焦裕禄笑了。

焦裕禄把小梅放下，此时孩子已经睡着了。

妻子这才说道："想跟你说个事。"

焦裕禄说："说吧。"

妻子说："焦兆忠下午来寻我了，我没理。"

焦裕禄说："没理就对了。"

妻子说："他装着可怜兮兮的，又到后院找我妈了。"

焦裕禄说："跟妈咋说的？"

妻子说："他说他是你的长辈，看着你长大，你是有出息的，说得我妈美滋滋的，他最后说要让你对他高抬贵手。"

焦裕禄说："妈咋说的？"

"妈这才听明白，原来他是地主恶霸，否则不会让你高抬贵手，便拿起笤帚，一边扫地一边骂：'哪里冒出个脏东西，滚滚滚！'"

次日清晨，焦裕禄便安排好民兵、学生，还有妇联的同志，排成一个浩浩荡荡的队伍，高呼着"打倒恶霸地主！""打倒逼死穷人的地主！"，拐过几条街，直达恶霸地主焦兆忠家。

焦兆忠把大门关住，跑到院子后面想跑。他打开小门，刚刚迈腿出去，就被民兵发现了，连忙退回来。

民兵立即从后门冲进他家院子，跑过去打开了大门。

人们一下子拥进焦兆忠的深宅大院，把焦兆忠围了个水泄不通。

焦兆忠一头大汗，做出可怜相，鸡啄米一般朝大家点头。他突然在人群中看见焦裕禄，立即满面笑容："裕禄娃，好长时间没见你了，我还是你表爷爷呢！"

群众中立即响起口号："打倒笑面虎！""焦兆忠就是笑面虎！"

焦裕禄走到焦兆忠跟前："当年你给我们家上了驴打滚的利，怎么不念我们都是焦家人呢！你就是个吃人不吐骨头的恶霸！"

人群中立即爆发出滚地雷一般的口号声："打死焦兆忠！打死大恶霸！"

有人提起刀冲了上来："我捅死你个狗日的！"

焦兆忠一脸惨白，迅速跑到焦裕禄背后。

焦裕禄把提刀的小伙子挡住了："怎么处理这个恶霸地主，是组织上的事，我们要把他交给组织，等待组织审判，按审判结果办！"

说着一手拖过焦兆忠，拉到面前，那个提刀的小伙子就在焦兆忠面前，吓得焦兆忠腿软了，扑腾摔在地上。

焦裕禄问道："焦兆忠，你是要命呢还是要地？"

焦兆忠已经魂不守舍了，连连说："要命要命！"

焦裕禄："那好，你把你从穷人手里逼抢的地契拿出来，还给穷人。"

焦兆忠连连点头："我去拿，我去拿！"

看来地契特别重要，藏的地方也十分隐蔽。焦兆忠直奔柴房后，却迟迟不动弹，泪流满面。

那个小伙子提着刀过去了："看来你把地契藏到柴火房，真是费尽心机！还不去拿，不然的话……"

焦兆忠立即闪开，对着焦裕禄大喊："我拿我拿，我还要命呢！"

焦兆忠很快就拿出了地契，焦裕禄让大家安静，然后让焦兆忠念着地契上的名字，一个一个地返还给了可怜的穷苦人家。

3.穿上军装，挺进大别山

穿军装

1947年7月，随着解放区迅速扩大，党中央决定从山东老区抽调一批干部和青年组建一支南下工作队，名字叫淮河大队。

焦裕禄接到组织通知，赶往北崮山村民兵队办公室，原来是上级正式和焦裕禄谈话，他已被确定为优秀分子，让他参加淮河大队。

焦裕禄别提多高兴了，大步跑回家。

李星英坐在门口的树阴下捡豆子，焦裕禄兴冲冲地跑到母亲面前："妈，有个好消息！有个大好消息！"

李星英笑了："这些天尽是好消息，快说。"

这时候妻子小郑也抱着孩子出来了，岳母紧随在小郑后面。

焦裕禄就在门前的树阴下，对全家人说："上级通知我了，说我是积极分子，让我参军了！"

小郑立即问："参军了是跟现在一样吗，就在咱北崮山打敌人吗？"

李星英说："当兵了是好事，特别是共产党的兵，他们保咱穷苦人的,关键是去不去远处?"

焦裕禄从小郑怀里抱过孩子,孩子一看他,就笑了,焦裕禄逗着孩子:"小梅,我的小乖乖,你爹要当兵了,你爹要去南边打坏人了!"

李星英一听,站了起来:"去哪里?"

焦裕禄摇晃着孩子:"妈,就是南边那山,国民党的好日子没几天了。"

李星英又问:"离咱这儿多远?"

焦裕禄还是摇晃着孩子:"不远,就几百里路。"

岳母急了:"你这一走,家咋办呢?娃还小呢!"

小郑也流下泪来,抽泣着不说话,默默地把小梅从焦裕禄手里接过去。

小梅见妈妈哭,也哭了。

岳母在小梅的哭声中,也忍不住哭了起来。

焦裕禄拍拍小郑的肩膀:"我不是不回来了,就是去打个仗,要不了几个月,就回来了!"

小郑吸了一下鼻子:"我知道,但枪子儿是不长眼的,不是说咱是好人,咱是家里的顶梁柱,就不伤咱……"说着哽咽起来,说不下去了。

岳母也哭得鼻涕都下来了:"你媳妇说得对,你万一——这一家人可怎么过呀——"

李星英这时候走到亲家面前,拍拍亲家的肩膀:"妹子,焦裕禄是被组织上看中,才让他去当兵的,这是好事,这是光荣的事,咱咋弄得跟丧事一样?"

岳母愣了,不知道该咋办了,眼泪还在流。

李星英走到儿媳妇跟前，小郑向来敬重婆婆，满眼是泪地看着自己的婆婆。

只见李星英把孩子从小郑怀里抱过来，交给焦裕禄："再抱抱小梅，亲亲小梅，下一次抱娃，少说也得一个月后了。"

就这样，在李星英的清亮言语中，焦裕禄完成了和家人的告别，满怀信心地投入行动中去。

焦裕禄参军的部队叫淮河大队，部队给他发了军装，他把自己的衣服包起来。这件衣服的布是妻子用母亲纺的线，在织布机上一梭子一梭子织出来的。看着这件衣服，他似乎看到了母亲坐在纺车前纺线的身影，似乎看到妻子织布的样子。妻子的手很巧，给他做的衣服都非常合身，这件被包起来的衣服成为他思念亲人的念想。

当班长

焦裕禄参加的淮河大队分了三个中队，一个中队再分三个分队，一共九个分队，总人数达1000余人，焦裕禄所在的班就在一中队一分队。

南下支队的第一个任务就是"三查三整"和军事训练。"三查三整"要学习党中央文件。虽然焦裕禄只念过四年书，但是在解放军的队伍中，已经算文化人，他不但能够给大家念，还能讲解，所以他们班的学习非常顺利，军事训练也走在前面。他也被选为班长。

这时候，国民党军队唯恐我们的军队南下，不断有飞机侦察，一见有行军就扔炸弹。为了避开敌人的空中打击，南下支队就晚上行军，开始时天气还好，不冷不热，但行军一段时间后,刮起北风,刮了还不到一天,就下雪了。大风一吹,雪就往路上跑,路上的积雪就特别深,每走一步都很费力气。这些庄稼小伙子每逢下大雪都窝在家里睡大头觉,几乎没有在雪地里行走的经历,更谈不上雪地行军经验。大家走得很困难,几乎每一个人脚上都磨出了泡。

到了一个驻地,焦裕禄这个班住进临时借宿的老百姓家。这户人家分前后院,老百姓把前屋腾出来让部队住,焦裕禄却带着战友们住进后面院子的草棚、牛棚和柴房。一切都安置妥当后,大家一坐下,就更觉得双脚疼痛。

焦裕禄说:"大家都先歇一会儿,我给大家弄开水。"

没一会儿,焦裕禄就端来了一大盆水,让大家泡脚:"脚上的泡千万不能挑开,挑开了明天就不能行军了,赶紧泡。"

焦裕禄让大家分两批泡脚,大家听话地把脚伸到热水盆里泡。一会儿,他又端来一大盆热水,和第二拨的战友一起泡。

他的一个同乡要看他的脚,他笑笑:"看啥呢?"

同乡问:"你的脚没起泡吗?"

焦裕禄说:"人的脚都是肉长的,这么难的路走下来,哪有不起泡的。"说着给同乡看。

同乡一看,"呀——"了一声:"你的泡比我的还大,你还给大家弄热水去了!"

大家都被这个好班长感动了,一个个表态,下次一到驻地,学习班长,给大家烧水泡脚。焦裕禄却说:"今天是第一次遇到这样的路,下面几天还会这样,咱们分成几个组,两个人一个组,到驻地后,轮流为大家烧水泡脚。"

从此,在焦裕禄的班里,战士们不但团结,而且争先恐后做好事，迅速成为一个很有凝聚力的战斗班。

这天晚上，因为床铺紧张，焦裕禄就睡在柴房的最边沿，他太累了，一躺下，就进入了梦乡。但是外面的风雪和屋内的寒意可不管这些，还是把他冻感冒了。

早晨，起床号一响，他就一骨碌爬起来，却觉得头重脚轻，一头栽到地上，战友们立即扶起他，他摇摇头："没事，腿被压麻了。"

但是他的同乡战友多了个心，在他的头上摸了一下："哎呀，你发高烧了！"

焦裕禄推开同乡的手："这算什么，我在煤矿上快死了都没人管！咱们这是给穷人去打仗呢，别吭气。"

但是同乡实在担心，就悄悄地告诉了中队长。

行军号声一响，焦裕禄就背着背包，走在他们班的最前面，没有一丝发烧的样子。

中队长骑马到了他的跟前，跳下马，喊了一声："焦裕禄！"

"到！"焦裕禄昂首挺胸，立在中队长跟前。

中队长伸手摸了摸他的额头："烧成这样了，怎么不报告？"

焦裕禄一个立正，在大雪地里，显得特别威武："报告中队长，小病小伤不下火线！"

中队长拍拍他的背包，又拍拍他扛的枪："发烧了，就要养伤，不能小病拖成大病，来，骑我的马。"

焦裕禄又是一个标准敬礼："报告中队长，真没有事，我身体棒着呢！"说着，他抓起一把雪往脸上一搓，"你现在摸摸，肯定不烧了。"

中队长叫来了分队长,要他密切关注焦裕禄的情况,千万不能再烧下去了。分队长点点头,让中队长放心,他加入焦裕禄的班,和他们一起行军。一直走到目的地,他也没见焦裕禄步子慢下来。

焦裕禄一边行军一边把雪往脸上搓,又不断地吃着雪,加上行军走了几十里雪窝子路,一路发汗,就这样竟然把感冒给治好了。

到了目的地,中队长又骑着马过来,直接摸摸焦裕禄额头,很是奇怪:"你吃什么药了?"

焦裕禄抓起一把雪:"就这灵丹妙药。"

晚上的时候,分队长不放心,就抱着被子来到焦裕禄班挨着他睡。早上一醒来,他发现焦裕禄已经起床了,出屋子一看,看到焦裕禄正在帮伙房的同志做早饭。因为外面还在下雪,柴都是湿的,故而做饭烧水比平时更艰难。焦裕禄一边用手扇着冒出来的黑烟,一边扯着风箱。

分队长很感动,走到焦裕禄跟前,焦裕禄看见了立即站起来敬礼,分队长没说话,又在他额头上摸了一下,知道不烧了,才放心说:"刚刚发完烧身体弱,谁叫你来帮伙了?"

焦裕禄一笑:"我做梦梦见没干柴烧了,就一骨碌起来了,到这儿一看,还真是。"

分队长拍拍焦裕禄的肩膀,说:"好样的!"然后就去了中队部,对中队长说:"那个焦裕禄,真是个好苗子!"

唱《血泪仇》

抗日战争后期,共产党的游击队很活跃,八路军和新四军的队伍意气风发,不但在对敌前线节节取胜,更在发动群众,激励部队官兵的战斗热情上下了功夫。延安文艺座谈会之后,一批歌颂人民群众的剧目创作出来。

鲁迅艺术学院培养了一批有志的青年艺术家,他们根据晋察冀边区流传的一个"白毛仙姑"的故事,改编成了流传至今的名剧《白毛女》。同时,马健翎在改革秦腔、创造新型的民族歌剧方面,取得了出色的成绩,其中最有代表性的就是《血泪仇》。这部剧作讲述了蒋管区农民王东才一家受尽剥削迫害,被迫游离失所,终于在陕甘宁边区过上幸福美好生活的故事,展现了广大农民被国民党反动派压迫的血泪史。

行军路途艰难,天寒地冻,很多同志脚肿手冻,士气低沉。对此,部队决定利用休息时间排演《血泪仇》,在部队中演出可以激励大家的斗志,鼓舞士气;在老百姓中演出,可以唤起人民对国民党反动派统治的愤怒,让他们牢记阶级苦,渴望新天下。排演《血泪仇》是淮河大队的大队长在大会上宣布的,并动员有艺术特长的战士报名。

会后,焦裕禄所在的中队集合,让大家报名。中队长看向焦裕禄,说道:"小焦,你念过书,是咱们中队的知识分子,你能看懂剧本,是不是?"

他立即挺起胸脯:"是!"

中队长拍拍他的肩膀:"我就知道你行!"然后问,"剧本你看了?"

焦裕禄说:"报告中队长,还没有看,但是知道剧情。"

中队长问:"你想演戏里的什么角色?"

焦裕禄:"报告中队长,我想演戏里的受苦汉子王东才。"

中队长笑了:"那可是一号角色,你能拿下来?"

焦裕禄:"报告中队长,没问题。"

中队长又问:"我看了戏里的角色台词,这个被地主和保长逼得走投无路的穷苦汉子王东才,台词多得很,你能背下来不?"

焦裕禄:"多大的苦都能吃,背个词算个啥。"

说是这样说,但是这毕竟是个新鲜事物,真要练习起来还是有些困难的。于是,焦裕禄便废寝忘食地背诵,终于把台词背得滚瓜烂熟。上台后,想起曾经被地主家压迫的事,焦裕禄将王东才这个角色演得非常生动,似乎就是他自己的故事。

这个剧目讲的是贫农王东才家本来有几亩田地,被地主逼着做了抵押,全家人只好住到破庙里。就在王东才出门给家里人讨饭时,却被保长抓了壮丁。全家上下在破庙里始终等不到王东才回来,出去左右打听后才知道王东才被抓了的事情。

家里人便赶紧去找保长要人,保长却说:"当兵打仗是每个人的义务。你家男人不去,就得别家男人去。"

王东才的妻子没听懂保长的话中含义,保长气急败坏地叫道:"脑子叫猪吃了?拿钱赎人!"

王东才的妻子一筹莫展:"家都没了,住到庙里,哪还有钱呀?"

保长看着他们家的女儿:"这不就是钱吗?"

这可是亲生骨肉啊,怎能忍心卖了?但被逼上绝路的王东才妻子,还是咬牙把女儿卖了。保长带着王东才的女儿走到半路，遇到被赎回的王东才，父女相见，却是生离死别。

焦裕禄唱得台下观众泪流一片，激愤的群众哭声一片。

剧情往下发展，本来王东才回到家里，想着赶快挣钱把女儿赎回来，没想到又被抓了壮丁，妻子一急，死死地抱住丈夫不让他走，结果被保长一脚踢死，而悲痛欲绝的王东才母亲也在庙中含恨身亡。之后，王东才一家选择北上，去到边区寻找幸福。

淮河大队的《血泪仇》，从山东演到河南，场场取得巨大成功。那天，大队抵达豫皖苏边区驻地河南省鄢陵县北彪岗村汇报演出，再次吸引了县里村中的老百姓观看，豫皖苏边区的领导和同志们也都闻讯而来。

演出结束后，观众掌声雷动，豫皖苏边区党委书记章蕴一边鼓掌一边走上台中央，感谢舟车劳顿的淮河大队为河南人民、为豫皖苏人民，演出了这么好的一台戏，进行了一次生动的阶级教育课。接着，话锋一转，说淮河大队本来是要到大别山去的，但是这里更需要他们，我们要剿匪反霸，建设新政权。所以经报上级批准，淮河大队会留下来和我们一起建设新政权！

这番讲话之后，南下的淮河大队就留在了豫皖苏边区，而焦裕禄与战友们也开始了全新的建设。

4. 从支前到土改，尉氏有个焦裕禄

这张照片拍摄的是河南省许昌市鄢陵县彭店镇的一个荷

塘。焦裕禄与部队留在豫皖苏边区加强当地政权建设，他的第一个工作地点就是彭店，那时候彭店属于尉氏县，还是乡级建制，现在区划有调整，已隶属河南省许昌市鄢陵县，乡也被划成了镇。笔者走访了当地百姓，才知道如今这美丽的地方在焦裕禄当年刚来时是满目疮痍，也就是在这里，焦裕禄走上了真正革命斗争之路。

支前

1948年年初，焦裕禄被组织分配到尉氏县区委。这时的尉氏县还没有解放，焦裕禄被分配到南二区的蔡庄镇彭店区，就是现在的鄢陵县彭店镇，担任彭店区区委委员、区工作队指导员。

1948年冬天，在党中央的指挥下，中国人民解放军打响了淮海战役。

听着远处隆隆的炮声，焦裕禄有些遗憾不能亲自参加消灭蒋介石反动派的战斗。没想到就在这时候，县委书记把他叫过去，问他有什么想法，他就低下头说了自己的遗憾，县委书记笑了："有你的用武之地，你带上担架队，去支前吧。"

焦裕禄一听，两眼放光："是！焦裕禄接受任务，一定完成好任务，不辜负组织信任！"

尉氏县支前运输队分为几个大队，焦裕禄担任彭店区支前大队队长，带着一千余人开赴前线。

支前大队出发时，正赶上下大雪，大家一步一步地踩着厚雪，行走非常困难。焦裕禄仰起脸，用脸接着雪，对大家

★ 彭店荷塘。

说:"多好的雪啊,瑞雪兆丰年,明年肯定是个好年景,打败国民党反动派,好日子就是我们的了!"

支前大队的任务是给部队运送物资。到达物资配送站后,焦裕禄看着摆放在站里的小推车,摇了摇头,对大家说:"这大雪天,小推车派不上用场,还是用担架抬吧,先把这些袋子扛到担架上。"

支前大队的小伙子们干劲冲天,立即过去扛面袋,一人肩上扛了一袋面,走进大雪地放到担架上。

焦裕禄扛上一袋后又对身边的队员说:"来,再给我加一袋。"

"不行吧?太重了,雪地又滑!"

焦裕禄:"放吧,先试试!"

之后,焦裕禄扛起两袋走到了担架跟前,队员们帮他取下一袋,第二袋他自己放到担架上。领取完全部面粉后,焦裕禄发现,在雪地行走两个人抬着担架很麻烦,还不如直接用担子担着方便,于是就改为用扁担挑面粉,一开始扁担两头各放一袋,到后来,大家越干越有劲,竟然一次可以担四袋面,而这也一下子成了送面队伍中的新闻。

有人给他们编了个支前顺口溜,很有意思:

尉氏来支前,
任务是送面。
每人担四袋,
个个干得欢。

当焦裕禄的支前队伍到达离前线只有30里地的一个村庄时，枪声、炮声听得清清楚楚，焦裕禄对大家说："咱们的兄弟在前线打仗，打仗是要流血的，也可能是要命的。要命的在咱们队伍里叫牺牲，我们给他们送面，有啥说的？但是，现在后方磨面来不及，今天咱们送的是麦子。当然，这麦子一炒，也能吃，但那是实在没法了呀，所以我建议咱们连夜把这麦子磨成面，再装到袋子里，送上前线！"

大家一听，有道理，就干起来。一个晚上都没有睡觉，终于把麦子全部磨成面粉，并且装进了袋子。

支前总队知道了这件事，问焦裕禄怎么会有这么大的干劲，焦裕禄说："前方的炮声就是给我们最大的激励，想着兄弟们在前线流血，我们少休息一晚上，多出些力，算什么！"

打仗的队伍往前推进，焦裕禄他们支前担架队也往前推进。这天晚上，又往前行军十几公里，大家住到一个老乡家里，茅草房里打上秫秸秆的地铺，这就是晚上休息的地方。吃完饭，焦裕禄对大家说："打完仗，我要杀两头肥猪，这肥猪现在在我身上养着。"说着从衣服里抓出两只虱子，大家一看，大笑起来。

焦裕禄所带的支前队，就是由这样一群开朗乐观的小伙子组成的。后来队伍的任务除了送面粉，他们还送弹药和其他补给，并积极配合前线把伤员从战场上拉下来送到野战医院。由于表现突出，不断受到上级表扬，淮海战役结束时，豫皖苏分区郑重授予他们大队一面锦旗，上面写着：

> 奖给尉氏担架二队支前模范
>
> 豫皖苏分区指挥部

焦裕禄带着支前大队于腊月二十三回到尉氏县，县委书记亲自接见了他们，又把锦旗拿着看了又看，最后说："焦裕禄啊，你们支前大队是咱们派往前线支前大队里最棒的！"

剿匪

1948年10月，尉氏县迎来历史性的一天，解放了。11月，解放军进驻尉氏县。

穷苦大众在街头扭起秧歌，有两个人还在身子前后挂着牌子，前面牌子上写着三个字"天亮了"，后面牌子上也写着三个字"解放了"。

焦裕禄接到立即到县委的通知，便匆匆从欢庆的人群中穿行，赶往县委。到了县委，一个通讯员把他领到县委书记办公室。

一看是焦裕禄，书记立即把他带到挂在墙上的地图跟前。

这是尉氏县的地图，书记手往大营一拍："这地方是尉氏与中牟交接地，国民党的残余势力盘踞在这里，与我们新生的人民政府猖狂对抗，气焰嚣张至极，我们的新政权，决不能容许这样的敌人继续作威作福，一定要拿掉这帮残敌！"

焦裕禄还是老作风，一挺胸脯："坚决完成任务！"

书记让焦裕禄坐下，进一步说明："县委研究了，考虑到你在山东时打过敌顽，决定让你去大营区工作，任务就是剿掉这些顽匪！"

焦裕禄猛地站起来,"啪"地一个军人敬礼:"请组织放心,焦裕禄一定完成任务。"

焦裕禄立即赶到大营,迅速摸底,了解了大营的敌顽情况。在讲述焦裕禄如何与这些敌顽斗争前,不得不介绍焦裕禄在南下途中参加的剿灭伪县长曹十一的水台战斗。

曹十一是尉氏县残匪的所谓"剿共总司令",也是尉氏县国民党时期的伪县长,是这些势力的总头目,手下有两千多名土匪。他在担任伪县长时,就和土匪勾结一气,在和土匪黄老三、独眼龙、师老七等人的拜把子中,他的年龄排到第十一位,所以叫曹十一。解放战争后期,他继续和土匪沆瀣一气,与新政权对抗。

当天晚上,焦裕禄得到情报,说曹十一带着三百多人,分成六个中队,一大早就出发,气势汹汹地开拔到五峰山,要向我军发动进攻,妄图把我军从解放区赶出去。

焦裕禄赶到区委时,蔡庄区区长杨杰正在和尉氏县五区彭店搞土改的五区政治部主任赵仲三部署战斗,焦裕禄受命带着民兵随时准备战斗。

第二天一早,赵仲三带新编解放军28团出发,打了曹十一众人一个出其不意。当敌人进攻的时候,28团埋伏着一动不动,当敌人到达步枪射击范围内时,赵主任才命令部队进攻,一下子就击溃了敌人进攻。

但是曹十一并不死心,立即率领余下的3个中队,以水台村为据点,占领有利地形,负隅顽抗。

匪军大队长师老七带领从匪把守水台村南门以东的寨墙,他架上机关枪,阻止我军前进。28团打开一个缺口,很快又被他们堵上。

28团立即组织突击队炸开城墙，战士柳国民抱起炸药包就冲了上去，眼看要到南门，却中弹身亡。

焦裕禄在老家当过民兵，与匪兵交过手，大概清楚这些匪兵的战术，于是便请缨去炸城墙，28团领导立即同意，并派两名战士协同作战，更用炮火支援。

一阵炮击后，焦裕禄趁敌人还没有缓过神来，带着两名战士冲到南门城墙边，安置好炸药，点燃导火索，迅速躲到城壕里。

一声剧烈的爆炸后，城墙豁开一个大口子，28团战士们呼啸着冲了进去。

曹十一仓皇逃窜，师老七当场被击毙。

战斗过后，尉氏县在蔡庄政府所在地举行了隆重的追悼会和庆功会，焦裕禄荣立战功。之后，焦裕禄被派往彭店工作。

虽然曹十一被打跑了，但是还有一些敌顽势力存在，破坏和暗算一刻也没有停止。

彭店区政府成立大会上，焦裕禄在台上高声对群众说："有冤报冤，有仇报仇。"随后，进入土改分田地工作。

穷人当然高兴得泪流满面，地主们却咬牙切齿，从未放弃报复。

一天晚上，姚彩霞、李殿英、蒋敏三位女干部走村串户回来，已经很累就直接睡了。没想到她们刚刚睡着，一个黑影在狗的狂吠声中，点燃了一团油浸过的棉花，扔到女干部屋里，霎时引起大火。

焦裕禄被狗吠声惊醒，爬起来看到此番情景，立即朝天空开了一枪，一下子惊醒了所有人。在大家组织救火的时候，也找到了那没有燃尽的棉花团。

将火扑灭后，大家根据那烧焦的棉花团，一致认为是有人放火。再一分析，穷人家哪有油放火，只有地主家才有油！他们再到附近查看，发现一处墙角处有倒油的痕迹，而且地主朱德林①、朱更戍家门口有油痕。

事实再清楚不过了。

而第二天一早，村口有人贴了告示，上面传达出的一个信息是，工作队要走了！

焦裕禄知道敌人在和工作队斗法，于是立即抓住朱更戍、朱德林，召开群众批判大会。

但是大部分群众知道了那个告示的内容，认为工作队要走，害怕朱家迫害，没人敢发言。

面对如此情况，焦裕禄和工作队员立即突审朱更戍。

焦裕禄先从攻心开始，向他们宣布了：坦白从宽，抗拒从严，协同从轻，首恶必办。

朱更戍一听，立即交代，说他是从犯，他受朱德林指使才去点火的。

之后，焦裕禄向大家宣布，工作队就是当地的工作队，永远不会走，大家这才放心了。在批斗大地主朱德林、朱更戍的大会上，大家争先恐后地发言，一桩桩一件件朱德林的罪恶被人们揭出，大会上不时出现哭声，随后是口号声一

---

① 关于此人，也有文献写作：张德彪。

片:"打倒朱德林,人人得安康!"

斗敌

现在可以讲述焦裕禄如何活抓曹十一拜把子兄弟、恶霸黄老三了。大营区是尉氏县的重要工作区,而这里有个恶霸黄老三,仗势欺人,无恶不作。

大营区有一个小伙子叫李明,家有二十多亩地,还开了个馍店,日子过得不错,于是被黄老三盯上了。黄老三假意去李明家买馍,一买就是十多个,却赊着账,一直不还。李明母亲去他家要账,却被他家打得头破血流。李明看到母亲带着伤回了家,立即破口大骂,要去找黄老三拼命,被一家人拉住了,但李明气不过,大骂黄老三,说抓住他,要剥他的皮!

黄老三听到后,骑着一匹白马到了李明家门口,让狗腿子冲进李家,说要活剥李明的皮。

李明的父亲吓得跪地求饶,黄老三根本不听,让人抓着李明,浩浩荡荡回到黄家。李明父母呼天抢地,追了过去,被人家乱棍打回来。

黄老三把李明关到屋子里,一帮人商量着怎么残酷又过瘾地治李明,最后想到用烟熏,一下子死不了,让人难受得死去活来;等到熏死,人就像熏肉一样里外都是黑的。

就这样,他们硬是熏了李明三天三夜。

李明从开始的大呼小叫,到后来的奄奄一息,再到后来没有声息。

黄老三高兴了,让李明父母来收尸。

李明一家悲痛欲绝，把黑乎乎的李明拉回家。按照惯例，死人要放三天再埋。

但他们怎么也没有想到，李明却活了过来，之前其实是假死。

李明父母不敢声张，让李明趁着黑夜，逃到土岗上的一片老林子里藏起来。

焦裕禄听说此事后，气愤异常，千方百计在老林子里找到了李明。

焦裕禄朝李明微微一笑，伸出了手："你就是李明吧？"

李明点点头又摇摇头："我不是。"

"我知道你是。"焦裕禄说，"我叫焦裕禄，是来和你拜把子的。"

"我知道你，你是大营区的区长，怎么能跟我拜把子？"

"我是穷人的区长，就是要跟穷人拜把子，为穷人做事申冤报仇。"

李明一听，点点头，想起之前听说的新政权为老百姓干的一桩桩好事，便紧紧握住焦裕禄的手："我和黄老三有不共戴天的仇！"

焦裕禄握着李明的手，摇晃着："跟我回去吧，到村里，我任命你为村民兵队队长，咱们一起维护新政权，打击恶霸势力！"

李明顿时有了精神："好，我跟你干，收拾黄老三这个狗日的！"

李明便回到村里。一天，在大营区巡逻时侦察到，有一股残余匪部，对区政府恨之入骨，正在集结，妄图端掉区政府。

他立即向焦裕禄汇报,焦裕禄一听笑了。

李明不解地说:"他们人多,而且过去都是跟着土匪一块儿打仗的,咱们人少,你还笑。"

焦裕禄说:"平时想收拾他们,但是他们都散在各个地方,一下子收拾不干净。现在他们集中到一块儿,不是正合咱们的心意吗?你放心,这是最好的歼灭时机,我有经验。"

于是,焦裕禄决定带着民兵突袭这帮匪徒恶霸。他安排一队民兵领了枪支弹药,然后带着大家悄悄潜入匪徒们正在喝酒猜拳的屋子。这帮人都还没缓过神来,只见焦裕禄一跃过去,先发制人。他紧握手枪,对着屋子里的匪徒:"谁敢反抗,就地枪决!"

屋子边上的几个土匪,以为焦裕禄看不到他们,试图悄悄动手,却被外围的民兵看到了,一拥而上,不但把他们打翻捆了,还绑得结结实实。

随后,焦裕禄上报给县委。按照县委命令,将罪大恶极的匪徒执行枪决,从属者若保证不再干坏事就放了。

这一下,当地老百姓高兴地奔走相告,从此不再害怕恶势力了。

焦裕禄就在这时,只身去了黄老三家。

黄老三怎么也没有想到焦裕禄会自己一个人去他家,顺手就拿起一把枪,朝着焦裕禄:"你是来找死的?"

焦裕禄一笑:"我是来请你当乡长的。"

黄老三放下枪:"真话还是假话?"

"真话。"

"我明白了,我儿子在共产党的队伍上当营长,你不看僧面看佛面,要给我官当。"

焦裕禄:"是啊,你儿子是我们的战友,你明天来区政府吧。"

第二天,黄老三一到区政府,民兵立即将他抓了,捆了个结实。

黄老三大喊:"焦裕禄,你不是让我来当乡长吗?"

焦裕禄手里拿着一沓状告黄老三的告状纸,走到黄老三跟前,把那沓纸在他面前晃晃:"你看看,我回来给大伙儿说了要请你来当官的事,大伙立即把状子拿来,还有一大堆呢!"

黄老三立即改了态度,说他有罪,但可以戴罪立功。

焦裕禄说:"怎么个戴罪立功?"

于是,黄老三说他在庙里藏了几十支枪,还在自家后院藏了炸药,还交代了他有随时可以叫来打仗的土匪。

焦裕禄一听笑了,让大伙放了黄老三。

李明不解,问焦裕禄为什么不处置黄老三。

焦裕禄说:"他的爪牙太多,今天只是震慑一下。而且他也有改过表现,上交了枪支、炸药,咱们先等等吧。"

这一次交手后,黄老三认为焦裕禄不过如此,自己略施小计就蒙混过关了。于是加大速度扩充队伍,并且发展了一名干事梁长来[①]做他的内线。

[①] 关于此人,也有文献写作:梁长运、梁绕来。

李明等民兵们打探好这些消息，就报告给焦裕禄。焦裕禄让大家不要轻举妄动。

梁长来继续在乡里上班，这天就正好碰见了焦裕禄。

焦裕禄掏出自己的枪，梁长来一惊，只听焦裕禄问他："你看我这把枪怎么样？"

梁长来笑着说："区长的枪，还用说吗，好枪！"

焦裕禄把枪撂给他，说道："打那个小树。"

梁长来一枪过去，打中小树中间。焦裕禄笑了："好枪法。"

梁长来把枪递过来："是区长的枪好。"

焦裕禄："这把枪送给你了。"

梁长来惊喜地说："给我？"

"县公安局要找枪法好的当干警，我看你就合适，你拿着我这把枪去报到吧。"

梁长来高兴坏了，立即回去报告给黄老三。

黄老三大喜过望："这下好了，咱们县上有人了。我明天就收拾他们，把区政府给炸了，你到县里后，等着好消息。"

第二天，梁长来拿着焦裕禄的手枪到县公安局报到，工作人员一看，心领神会，立即把他抓了个正着。

就在梁长来被抓的当天晚上，黄老三坐着一辆马车去区政府，后面还跟着他的队伍。他想在夜深人静的时候，把区政府给端了。

快到区政府的时候，黄老三透过月光发现焦裕禄站在路边。

黄老三心里慌了一下，但故作镇静："焦区长，怎么半夜在这儿。"

焦裕禄回他："等你来嘛。"

黄老三轻哼一声："已经到区政府门口了，我一声吆喝，这马就会听话地把车拉到区政府去，炸药就会把区政府炸平了。"

焦裕禄笑着说："这么大的阵仗？"然后他手一挥，"你朝后面瞧瞧。"

黄老三很有底气地说道："后面全是我的队伍！"

"你看看是不是你的队伍？"

黄老三一回头，只看见黑压压的全是民兵。

黄老三困兽犹斗般地拔出枪就要朝焦裕禄开枪，只见李明一跃过去，把他扑倒了。

第二天，有老百姓得知黄老三被抓而且被绑在区政府院里的大树上，便奔走相告。有人不信，也有人半信半疑，大家过去一看，果不其然。

公审黄老三的大会在区政府大院里进行。李明率先上去控诉，讲自己被烟熏的悲惨经历，这引起许多人的共鸣，激起了大家的仇恨。对黄老三的控诉，一个接着一个，几天也控诉不完。

黄老三却根本不服："要杀就杀，二十年后，我再来剥你们的皮！"

大家气愤极了，高喊："杀了黄老三，大营晴了天，睡上个安稳觉，吃上个净心饭。"

就在大家情绪最为激昂时，焦裕禄宣布了政府对黄老三的处决令。

一声清脆的枪响过后,大营区迎来了和平的日子。

征兵

1949年春天,焦裕禄被任命为县委宣传部干事,全县在蔡庄高庙寨举办的三期土改干部培训班,由焦裕禄负责,为全县的土改工作立下了目标和工作路线。1950年,美国出兵朝鲜,毛主席号召抗美援朝,焦裕禄立即投入抗美援朝的宣传工作,他来到门楼任乡参加了村里的征兵工作队,当晚,在驻地工作队住处召开了动员大会。

由于工作预案细致,工作做得扎实,所以征兵工作很顺利。几天后,几十名青年身披大红花,骑着高头大马,在众人的欢呼声中,走在乡间小道上。

阳光明媚,每个人脸上都写着"光荣"二字。一个青年与他的未婚妻在小道上互诉衷肠。

女孩不舍地说:"咱俩的婚期刚刚定下,还来不及办婚礼,你就要去朝鲜,真有点舍不得。"

青年说:"你放心,战争一结束,我就飞奔到你身边来。"

焦裕禄悄悄走过去,对青年说:"要不你别去了,你还是独生子。"

青年说:"不不,现在动员别人,有点紧张,我还是去吧,这个不去的头,我不能带。"

焦裕禄想了一下,说:"要不,你们提前举办婚礼?"

青年说:"老辈人已经定下了日子,说是结婚不能应付,看的是吉日。"

焦裕禄沉思了一下："其实今天就是个好日子，不然今天就办婚礼，我给你们证婚。"

青年激动极了："有焦书记给我们证婚，太好了！"

两个年轻人的家里听说焦裕禄要主持婚礼，喜出望外，高兴得合不拢嘴。

当晚的婚礼办得极其热闹，焦裕禄大声对着全村人宣布了新人礼成，在全村人的注目下，小两口走进了洞房。

第二天是送兵日，在尉氏县城渔市街的100多名新兵队伍中，新兵青年和妻子特别抢眼。焦裕禄一直跟着这些青年，直到把他们送到陈留的新兵集中地。

1950年冬，焦裕禄任尉氏县共青团县委副书记，1953年组织上派焦裕禄到了一个完全崭新的工作战线。

家庭

工作渐渐步入正轨后，焦裕禄一直想回去看看母亲和妻女，但是一直很忙，写了几封信但母亲也一直没有回信。一次去开封开会时，他知道一个地委干部要到山东淄博开会，便给母亲和妻子各写了一封信，托他一定要带到。

半个多月后，这名干部出差回来，给焦裕禄带回了口信，跟他说家里一切都好。他也就放心了。

过了一段时间，他又去开封开会，专门去拜访了这位干部，干部说起他的母亲就滔滔不绝，说他母亲是个明白人，是北崮山乡亲们的主心骨，大家一有啥事，都会找她商量。谈到他的女儿小梅，直夸小梅聪明伶俐，一声又一声地叫他叔叔，还要叔叔带她去见爸爸。干部说了很长一段时间，却只字未提焦裕禄的妻子郑氏。

焦裕禄小声问了一句:"没见着小郑吗?"

干部沉吟了一下,低下头。

焦裕禄心里一紧:"怎么了?"

干部叹口气,说:"都怪这兵荒马乱的年月呀!"

焦裕禄更急了:"到底怎么了?"

干部这才道出缘由——村里大部分和焦裕禄一起南下参军打仗的青年都牺牲了,而焦裕禄给家里寄的信都是托这些人转的,信还没转到人就没了,所以家里一直没有收到信。后来另外一个村的青年牺牲,父母去部队接遗骨,回来后,李星英和小郑就去打听焦裕禄的情况。他家人就说,他家娃就在焦裕禄所在的淮河大队,打仗死了很多人,也渐渐没有了淮河大队的消息。淮河大队牺牲人数太多,还在的人员编到其他营团了。现在整个部队里,没有一个叫焦裕禄的,猜测他肯定已经光荣牺牲了。

李星英和郑氏难以接受,一个号啕大哭,一个泣不成声。

过了几天,李星英就带着小郑到乡公所,询问焦裕禄的情况,她们认为,这儿的信息是最准的。

但是,乡公所也没有焦裕禄的消息,李星英说了自己从乡亲那儿听到的话,乡公所干部沉痛地点点头,表示在前线牺牲的青年很多,但是真正报到乡公所的,并不多。因为战争无情,很多情况下是弄不清人员状况的,有些人是否牺牲都在不确定之中,请他们理解。

李星英就对乡公所的干部说:"既然这样,也不能耽搁了媳妇,她还年轻,我就给媳妇另寻个家,不能就这样守下去,新社会了,不兴守寡。"

就这样,李星英做主把郑氏嫁给了当地的一个农民,日子倒还过得平和。

当李星英再次听到焦裕禄还活着的消息后,先是惊喜接着后悔不迭,但是木已成舟,她请干部带话给焦裕禄,让他好好为党工作,女儿小梅有她和小郑带着,待他有空了再回来看他们。

焦裕禄回到尉氏县后,很多人发现他情绪不对,工作特别卖力,很少与人说话。没几天,消息就从开封传来,大家才知道焦裕禄的妻子另嫁他人了。

这时候,18岁的姑娘徐俊雅看向焦裕禄的目光有些脉脉含情了。

徐俊雅1932年8月出生在开封尉氏县,父亲是私塾先生,十分看重对徐俊雅的教育,不但亲自教授女儿读书认字,还给女儿列了书目,让她按照书目看书学习。她从小就热爱文化,追求进步。1950年,徐俊雅进入河南省团校举办的培训班学习,结识了学员负责人的焦裕禄,她对这个忠厚的青年一下子就念念不忘。二人工作和学习接触良多,对彼此也更加了解。

这天,当有一个县委领导要给徐俊雅介绍对象时,她连问都没问对方是谁就拒绝了。县委领导问她会不会后悔,她说一点都不后悔,县委领导便轻声说了焦裕禄的名字,她一听,激动地让县委领导再说一遍,领导不肯再说假意要走,她一着急跑到领导面前,低声问道:"是不是焦裕禄?"当领导笑着点头时,她也露出了笑容并问道:"那——那他同意不同意?"

领导开玩笑地说:"那他那他,那他是谁呀?"

她扭过身子,脸更红了。

领导说:"他不同意,我能来找你吗?"

就这样,18岁的徐俊雅和28岁的焦裕禄结为伉俪。随后,徐俊雅跟着焦裕禄斗争工作辗转多个地方。二人生了五个孩子,还把第一个女儿小梅也接过来,焦裕禄给小梅取了大名叫焦守凤,一家人很清苦但也很幸福。

5.投身工业建设,全身心建设社会主义新产业

我国大规模工业建设从1953年开始,为此,党从各条战线抽调了优秀干部投入工业建设。1953年6月,焦裕禄被抽调到洛阳矿山机器厂(现名称为中信重工机械股份有限公司)。

创业

焦裕禄当时31岁,正是干劲十足的年纪。由于长期在基层摸爬滚打,他的脸是黝黑的,且有棱角,浑身散发着有思想的青年的刚毅。一到洛阳矿山机器厂,焦裕禄便投入工作之中。焦裕禄被任命为筑路指挥部的负责人,负责临时道路修建。

想要在一片荒地上建设厂子,第一个工作就是修路,只有路修好了,人才能过去,才可能有一个新工厂建设起来。

★ 焦裕禄（前排左三）被调入洛阳矿山机器厂，任筑路总指挥。

焦裕禄身先士卒，成天与修路的技术人员待在一起，从他们身上，学习修路的知识，并运用学来的知识领导修路工作。这些保证了洛阳矿山机器厂临时道路和后来道路的畅通，保证了工厂的按时修建。

1953年夏天，焦裕禄负责修建一条从金谷园火车站到达洛阳矿山机器厂的临时公路。因为有大型机器要从这条公路上运过来，所以这条公路意义非凡。为了能承受大重量的碾压，设计人员给出了方案。

焦裕禄看到方案后，对设计人员说："咱们修的是一条临时公路，也就用一两年，如果这样修，要花掉整个县百姓一年上缴的公粮啊！能不能想办法，减一点沙石？"

设计人员想了想，说："可以减，但是施工要精准，不浪费一粒沙子、一颗砂石，才能完成。"

焦裕禄一听这话，心里有了底，从早到晚都在这条临时公路上忙乎，唯恐有一处浪费，唯恐有一处修得达不到标准。

此时正是三伏天，酷热难耐，工人们看到焦裕禄和他们一样在一线流血流汗，自然没了怨言，既保证了临时公路的质量，又节省了资金，按时完成了任务。

上大学

1954年，洛阳矿山机器厂响应党和祖国号召，选派一批青年到上海交通大学和哈尔滨工业大学学习，焦裕禄被选派到哈尔滨工业大学学习。

同去的有四位同学，他们和焦裕禄被编入一个速成班，先补中学课程。焦裕禄本来只有小学四年级文化程度，好在他爱学习，在洛阳矿山机器厂期间，已经利用业余时间恶补了初级中学课程。而这一次，有大学老师教他们中学课程，是多么难得啊！于是焦裕禄他们五人，如饥似渴地投入学习。随后又是学习大学本科的课程。

在此期间，学校组织他们参观了东北烈士纪念馆。参观后，焦裕禄非常感动，回到住处，他激动地向大家讲述了他小时候的苦难，决心要以赵一曼为榜样，为共产主义事业奋斗终生。

焦裕禄的班主任是个清瘦的中年人，有一天晚上起夜时，他看见一个学生在路灯下蹲着看书，上完厕所过去一看，发现竟是焦裕禄。班主任问他外面这么冷，为什么不在房间里看书，再说路灯的光也不够亮，会把眼睛看坏的。

焦裕禄告诉班主任，同宿舍的同学都是高中毕业，他的文化程度比他们低，所以要笨鸟先飞。他们已经睡了，自己在屋里看书会影响他们睡觉，就到这里来了。

由于焦裕禄全身心地投入学习，终于追赶上了同来的其他四位同学。第一次本科测试，他们五人全部通过。晚上，同学们在一起祝贺，班主任也来了，告诉大家焦裕禄在路灯下学习的事情。同学们这才告诉班主任，他们也很心疼焦裕禄，让他回屋里看书，但他坚决不愿意影响大家休息。

后来，焦裕禄的这些同学奔赴建设祖国的不同岗位上，互相之间经常有书信来往。在得知焦裕禄去世的消息后，同学们都十分悲痛。

实习

　　由于洛阳矿山机器厂投产提前，急需管理干部，厂方决定，终止焦裕禄等在哈尔滨工业大学的学习，将他们转到大连起重机厂学习。1955年3月，焦裕禄服从安排，到大连起重机厂实习。大连起重机厂也很重视这个从哈尔滨工业大学深造出来的年轻人，委派他担任实习车间主任。

　　相较于刚刚开始建设的洛阳矿山机器厂来说，这儿已经是一个成熟的工厂。焦裕禄看哪儿都新鲜，他就是要在这里学习知识和经验，回去更好地开展工作。

　　焦裕禄利用一切机会，向工人、技术员、工程师学习，甚至利用晚上和苏联来的技术人员一起值班的机会，学习俄语。

　　有天中午，焦裕禄去餐厅吃饭，正好碰到一个技术人员刚刚吃完饭准备离开。焦裕禄顾不上吃饭，连忙向技术员请教"画法几何"中的一个难题。当他学会时，餐厅已经关门了。

　　技术员苦笑了一下说道："耽误你吃饭了。"

　　焦裕禄很开心："学会这画法几何，可比吃饭强多了。"

　　晚上，焦裕禄和负责调度的一个青年一起值班，老工人对青年说："这一批钢材里，有一些是废料。"

　　青年过去一看："不会吧，一模一样。"

　　老师傅却很自信："你拿去化验一下吧。"

　　一化验，果然不对。青年佩服地说："我立即通知车间，更换这批材料。"

　　焦裕禄立即向老师傅请教，问他是怎样把看上去一模一样的钢条区分开来。

老师傅笑了,说:"这全是经验,靠的是眼力,你看啊。"他拿起两根看上去一样的钢条,把一条扔下去,便听见清脆的声音,而另一条扔下去,声音却是沉闷的。

焦裕禄恍然大悟,"噢——"自己也试了一下,轻声说:"一个脆,一个闷。"

老师傅说:"声音脆的是45号钢,闷的是低碳钢。"

焦裕禄点头:"低碳钢如果做轴,一开工就会断裂,到那时,损失可就大了!"

老师傅说:"对,太对了,你看看下面。"

老师傅一边说一边把低碳钢和45号钢分别放到车床上,焦裕禄立即发现了不同:"太不一样了,45号钢利利索索,低碳钢就黏黏糊糊。"

随后,老师傅又把两种不同的钢拿到砂轮上一打,焦裕禄大开眼界,大声说:"45号钢火花明亮,像梅花鹿的角一样美丽,非常好看;而这条低碳钢呢,连火花都没有。"

从此,焦裕禄经常跟在老师傅身后,他逢人就讲:"我是老师傅的徒弟。"

焦裕禄知道,外国工程师根本看不起这些有经验的工人,所以焦裕禄大张旗鼓地拜师,让老师傅很感动,一有新的经验,立即传授给焦裕禄。而焦裕禄也完全像个徒弟一样,端水扫地,恭敬老师傅。

正因为焦裕禄在大连起重机厂肯俯下身子学习,所以他不但学会了管理,而且积累了很多实践经验。除了向工人和技术员学习外,焦裕禄对管理工作也非常重视,他常说:"工厂里的管理人员，都是我的老师。"

1956年11月，大连起重机厂的内部报纸刊登了一条关于机械车间被评为前后方竞赛优秀单位的消息，而在这条消息之后，是焦裕禄写的关于机械车间第三季度的竞赛总结。这里面，有他总结思考的十条工作经验：

  一要依靠群众
  二要发扬民主
  三要经常总结工作
  四要学习政治
  五要利用积极分子做工作
  六要了解群众思想，关心群众生活
  七要依靠党的领导
  八要搞好团结
  九要学习党的政策
  十要主动向上级汇报情况

大连起重机厂对焦裕禄的总结十分重视，并向全厂推广。

焦裕禄出色的工作能力让大连起重机厂的领导十分欣赏，于是想协调三个工作熟练能够独当一面的工程师到洛阳矿山机器厂，换一个焦裕禄留在大连起重机厂。但是洛阳矿山机器厂不同意，厂长退而求其次，交代去协调的干部，与洛阳矿山机器厂协商，把焦裕禄的夫人与子女带过来，如此焦裕禄就能在这里好好过日子，也许可以下决心不回洛阳，在大连起重机厂工作。

徐俊雅的到来,让焦裕禄很高兴也很意外。徐俊雅说了来龙去脉,焦裕禄才明白大连起重机厂领导的好意。他询问妻子,是在大连工作还是到洛阳工作?妻子徐俊雅的回答让他下了决心。

徐俊雅说:"这儿当然是成熟的工业基地,比洛阳好多了。但是我来的时候,纪登奎书记也专门找我谈了话,说让我转告你,送你来学习和实习,都是为了洛阳矿山机器厂的发展。比起大连起重机厂,正在起步的洛阳矿山机器厂更需要你!"

第二天,厂长去车间找到焦裕禄,问他想不想留在大连,焦裕禄认真地说:"我非常感谢大连起重机厂领导对我的重视和关心,连我的夫人都叫来了,但是,洛阳矿山机器厂正在建设,一切从零开始,更需要我,我还是回去吧。"

厂长很意外,无奈地摇摇头,握着焦裕禄的手,深表遗憾,同时也非常感动:"今天正好是周末,晚上咱们组织一个舞会,你夫人正好也来了,你们可以一起参加。"

焦裕禄在哈尔滨工业大学时,学校组织过跳舞,他开始不会,班级文娱委员就亲自教他,看他的步子都跟不上,文娱委员就笑:"你学习那么刻苦,晚上挨着冻到路灯下面看书,学舞蹈也应该有那种劲儿,这也是新社会新青年的活动。"一听说是新社会新青年的活动,焦裕禄十分用心,很快就学会了。

而徐俊雅原来是尉氏县剧团演员,跳舞对她来说,就是家常便饭,所以吃过晚饭,两口子欢欢喜喜地去了。

说是舞会，其实就是在一个大饭堂里，把大家的吃饭桌子移开了，腾出巨大的空间，然后在饭堂上空挂着彩条，中间是环形的灯泡，把屋子照得明暗有度，加上彩条的作用，屋里瞬间就有了浪漫的氛围。

厂长致开场词，他特意把焦裕禄夫妇叫到身边，对大家说："焦裕禄同志在我们厂，做出了卓越贡献，现在他的夫人也来了，为我们厂增添了美丽和色彩。今天的舞会，有焦裕禄夫妇参加，一定会让人倍加难忘。"

舞会开始，焦裕禄和徐俊雅一起跳舞。但是，从第二首曲子开始，舞动的人群都换了舞伴，苏联来的女专家和焦裕禄跳舞，男专家和徐俊雅跳舞。

当一个美丽的苏联少女和焦裕禄翩翩起舞时，场上突然响起了掌声。这位女专家个子高，腰身细，他们跳探戈，一个下腰震惊全场，厂长立即带头鼓起掌来，顿时饭堂响起经久不息的掌声。

徐俊雅不好意思和舞伴对视。当男士弯腰请她时，她点了一下头，这才发现对方是个面孔白皙、气质优雅的外国小伙子。徐俊雅很有跳舞天赋，男士一个挑手，她立即旋转起来。

舞会结束的时候，厂长走到他们两口子跟前，笑着问徐俊雅："有点意犹未尽，是吧？"

徐俊雅笑了，看着焦裕禄，焦裕禄立即说："感谢厂长的厚意。"

"那么，"厂长看着焦裕禄，"休息几天，到海边逛逛，如果你留下，就是我今年最大的喜事。"

焦裕禄却说："非常感谢厂长，我想明天就回洛阳。"

回洛矿

1956年，洛阳矿山机器厂两个车间盖好了，分别是第一金工和第二金工车间。由于祖国百废待兴，所以厂里提出"边建设边安装"的口号。

焦裕禄1956年12月回到厂里时，纪登奎任厂长，任命他做了最大的车间——第一金工车间的主任。此时已经一身"武艺"的焦裕禄也跃跃欲试。

此时正好赶上9米高的铣床和8米高的龙门刨等大型设备要运到第一金工车间进行安装，想要安装这些大型设备，首先要运进一个更大的设备：大行车。

这项任务落到了运输科副科长的肩膀上，但是他是学工业经济出身的，对于设备的运输犯了难。于是，他便去找焦裕禄商量，焦裕禄立即组织懂行的工业骨干开会，集思广益。

因为厂房刚刚盖好，这个设备想要运进去，势必要拆掉新厂房，这个方案不经济也不可行。于是，大家七嘴八舌，最终设计了一个最佳方案，那就是不用拆厂房，只需要绕道到第一金工车间的铁路专用线上，用千斤顶把设备顶到铁轨上的轨道平车上，这样就能推进车间，进入室内后再用木杠子和滚筒垫在下面，平推进去，类似于埃及建金字塔运输大型石块那样。

当然，焦裕禄和大家商量好办法后，也咨询了苏联的专家。苏联专家本来认为非拆除厂房不可，看到焦裕禄给出的办法，点头称赞，说这是一个最好的省钱办法。

1958年，厂党委按照全国矿山的需求，决定试制我国第一台大型卷扬机，并把这个重大任务交给了第一金工车间负责建造，焦裕禄任总指挥。

在当时的工业环境下，卷扬机的许多工艺我们做不来，比如有一个叫作轴瓦的零件，需要浇注一层"巴氏合金"。国外采用的都是机器浇注，而我们没有这样的浇注设备，只能用人工来浇注，但人工无法保证稳定性，要么会出现气孔，要么就是粘合不牢，一遍遍下来，出现了一堆废品。

其实这些轴瓦凑合着也能用，就是用不了多长时间就报废了，倘若在国家大型矿山，一个设备不能保证较长的寿命，是绝对影响生产的。焦裕禄说："我们决不能凑合！我们一定要把最好的卷扬机交给矿山。"

于是，焦裕禄对厂里的技术骨干进行了摸底，发现毕业于大连工学院（现名为大连理工大学）机械系的技工小陈是个人才，他在学校品学兼优，到工厂后又勤学苦练，熟悉机械加工和轴瓦制作，等等。

但是，上一年，小陈由于家庭出身受到冷落，他也觉得自己的才华难以施展。

焦裕禄召开了支部大会，不管别人怎么说，他都坚决地说："任用有才华的知识分子，促进国家工业发展，就是最大的政治。"

得到大家的默许后，焦裕禄首先和小陈交上朋友。

他发现小陈做每一项工作，都能记得清清楚楚，谁交办、怎么办、结果如何，一目了然。一般人认为这是日记，但是焦裕禄心里很沉重，对小陈说："你是不是害怕有人会秋后算账，所以记下每一笔工作过程？"

小陈看着焦裕禄，低下了头："咱们这技术工作，并不是每一次都会成功，如果成功不了，就会有人说三道四……"

焦裕禄语重心长地说："你来做轴瓦工作，是我点的将，你不用担心。工作不可能一帆风顺，总是要有一次次失败，才会成功。中国的古话'失败乃成功之母'，就是这个意思。还有，如果有人说三道四，我顶着，没你的事！"

小陈是个明白人，见焦裕禄如此坦诚，便放下心来，钻研了国内外一大堆资料，他废寝忘食地工作，终于设计出了切实可行的轴瓦工艺流程。

流程虽然设计出来，但想要顺利完成，却并非易事。每一个零配件，对第一金工车间，都是不容易的。焦裕禄亲力亲为。

而在这时，他的胃病犯了，日夜疼痛，但他仍坚持在一线。工人们经常发现，白天他在车间，晚上还在现场，胃疼了，就靠着机器歇一会儿。

终于，经过三个月的艰苦奋战，在1958年的五一国际劳动节，焦裕禄和第一金工车间全体人员，给新做好的重量达108吨的大型卷扬机披红挂彩，然后敲锣打鼓地送到了祖国工业第一线。

6.再回尉氏，有趣的1.5书记

休养

在焦裕禄废寝忘扑在工作第一线的时候，他的身体亮起了红灯。

工友们一直认为他是得了胃病,他痛起来就满头大汗。车间的其他领导坚持让他去医院检查,诊断出来,原来是肝腹水引起的。

医生的结论很认真:不能劳累,不能熬夜,只能静养,待身体机能恢复,肝腹水解除,再继续工作。

但是焦裕禄哪能安心待在医院呀,他一直关心着厂里的工作。他去看病前已经被调任厂里的调度科科长,这是厂里的重要协调部门,是厂长的手和腿。

工友们来看他,他一件事情一件事情地交代,甚至要回厂里带病工作,这让医生很头疼,医生就对厂里的人说:"如果你们管不住这个干部,不能让他安心休养,他的病就没救了。"

医生的话让厂领导认识到事情的严重性,于是他们作出一个决定:让焦裕禄到乡下休养,安心养病。他们同徐俊雅商量,最后决定把焦裕禄安排到徐俊雅的老家,住在她哥家。

1961年开春,在一个医生的护送下,焦裕禄来到了尉氏县县城小东门护城河附近的一个村庄,徐俊雅的哥哥徐书礼家。

徐书礼的妻子叫许书贤,医生把她拉到院子里的大榆树下,悄悄地说:"焦裕禄妻子徐俊雅在工作,来不了,让我把焦裕禄交给你。"

许书贤问:"咋啦?好像事情很大?"

医生回答:"他得的是肝炎病,已经到了严重程度,腹水了,所以千万不能让他劳累。"

"这么严重?"

"这病,一是治,我这儿把药都带来了,给县医院也打招呼了,他们也会来人。最重要的是第二条是养,就是不能劳累,也就是说不能操心,更不能对所有事情牵肠挂肚。"

"我明白了,一是不让他劳动,二是不让他操心。"

"对,交给你了。"

"这好办,你放心,你也给俊雅说一下,交到她嫂子这儿,放一百个心。"

现在从尉氏到洛阳,也就两三个小时的车程,可在当时,在1961年,要从尉氏到洛阳,需要整整一天的时间。所以焦裕禄和工厂根本联系不上,写信也要好几天才能收到。焦裕禄时不时到村子周围走走,想着快点把病养好,回到工作中去。这里毕竟是他南下停留过的地方,他的生命中许多重要的事情,都和尉氏有关,所以他这一转,就又走出情况来。

因为他走到了流经尉氏县的著名河流——贾鲁河。

贾鲁河离黄河很近,1938年蒋介石为了挡日本兵,把黄河花园口扒开,黄河水便沿着贾鲁河疯狂南下,而尉氏,是贾鲁河南北贯穿的,所以尉氏的很多老百姓在黄河水咆哮中家破人亡。1941年,黄河再次决口,尉氏还是黄河水的肆虐之地。长期被黄河迫害的尉氏大地,却是常年干旱,眼看着水从河里流走,庄稼却饥渴而死。尉氏人民对这条母亲河情感是复杂的。

焦裕禄站在河边,想到这些,决定亲自调研一下,拿出个治理方案。

但是厂里派了工作人员跟着他,许书贤也受医生委托,看管着他,他行动是不自由的。

一天起来,他对工作人员说:"咱们去挖中药吧。"工作人员很新鲜,连声说:"好,好。"

焦裕禄又对嫂子说:"我现在必须安心养病,我去河边走走,看看哪儿有好的中药,挖一些回来煮着吃。"嫂子一听,高兴地说:"这就对了。"

但是,早出晚归多日,焦裕禄也没挖回一点中药。

有人对许书贤说:"这季节哪儿有中药挖呀,他是察看贾鲁河的情况呢!"

许书贤急了,问焦裕禄怎么回事,他笑着对嫂子说:"本来是要挖药呢,到了河边,才知道这个季节没药挖,就看到了河道淤积,就想着怎样解决。"

"这是县里领导的事,你能管?"

焦裕禄说:"我是共产党员,群众的事就是我的事。你放心,我先跟县领导汇报一下我的方案,看他们怎么说。"

当时,尉氏县的县长薛德华是焦裕禄的老战友,他是和焦裕禄一起从山东南下到尉氏县的,所以两人一见面都很激动,回忆起当年一起南下,一起演《血泪仇》,一起打土豪,一起剿匪的日子,真是分外亲切。

毕竟是老战友,二人热络地聊了很久。薛县长这也才知道焦裕禄的病,以及他这次来尉氏实际上是为了养病。焦裕禄在叙旧时也没忘记关于贾鲁河的治理问题。于是第二天,二人就骑着自行车,来到贾鲁河畔。

他们沿着河察看,不时地在河边用树枝画着道道,制订了初步的方案：在贾鲁河上游修一个水闸，拦住河水，在需要水的时候引入小渠，灌溉庄稼。

这天下午，焦裕禄很晚才回来，后面还跟着县长。

许书贤急了："我到门口看了几回了，你咋才回来？薛县长怎么也来了，快来坐。"

焦裕禄说："嫂子，你住在贾鲁河边上，知道贾鲁河有多长吗？"

许书贤一愣："不知道，反正肯定很长很长。"

薛县长和焦裕禄都笑了："长得很，我们明天后天还要去看，我越跑身体越好，嫂子放心。"

"饭凉了，我去给你热热。"

焦裕禄端起饭碗："就这吧，凉着好吃。"他说着就狼吞虎咽地吃起来。

焦裕禄和薛县长这天从河边回来后，县里的医生杨文明也来了，给焦裕禄送药。

焦裕禄招呼道："小杨医生，你爹呢？"之前的一段时间都是杨医生的父亲给焦裕禄看病。

小杨医生说："我爹来了几次，要给你把脉，你都跑得没影，我爹只好叫我来了，说是在家里见不到你，就到河边去寻你，一定要给你把一下脉。"

焦裕禄伸出手腕："好好好，人家都说你得了你爹的真传，来看看。"

小杨医生一号脉，点点头："真是比以前强多了，气血开始旺了。"

焦裕禄立即对许书贤说："嫂子你看看，医生说我跑这些天，跑得气血旺了。"

就这样，在焦裕禄和县长薛德华的推动下，尉氏县进行了修筑贾鲁河闸门和渠道配套工程，为治河灌溉，打下了良好基础。

焦裕禄在尉氏养病期间，因整治贾鲁河与尉氏县领导密切互动，河南省委也了解了焦裕禄的情况。在得知焦裕禄病情有所好转，经过慎重考虑，发出一纸文件让焦裕禄到尉氏县工作了。

当书记

1962年夏天，省委派焦裕禄到尉氏报到。焦裕禄拿着省委的介绍信，到了县委大院，找到县委书记夏凤鸣，先是行了个军礼，因为焦裕禄在这儿打过仗，行军礼再好不过。

夏书记接过介绍信，一看却纳闷儿了："这个，这个省委是怎么安排的？你看看，我是尉氏县第一书记，薛德华是第二书记兼任县长，而介绍信上面明确写着，你任县委副书记，排在薛德华之前，这是怎么回事？"

虽有疑虑，却不能在焦裕禄面前说太多，就让焦裕禄到办公室休息："接到省委通知，已经给你安排好办公室了，你先去办公室熟悉一下。"

夏书记立即打电话给开封地委，地委明确答复说："对焦裕禄这样的安排是正确的，很快，组织上会统一进行调整，县委不再设第一书记和第二书记，县委书记，下面都是副书记。"

夏书记明白了，笑哈哈地到了焦裕禄的办公室，对焦裕禄说："我问清楚了，介绍信没有错，你的职务排在第一书记和第二书记之间，就是1.5书记，那么就是说，你工作起来，能顶一个半书记。"

夏书记亲切地询问焦裕禄的身体是否已经恢复，焦裕禄挺着胸脯说："没问题！"

投入新工作后，焦裕禄发现，当很多地方已经开始用架子车拉东西的时候，在尉氏本地，却还是传统的牛马驴驮东西，这也暴露出当地的问题：生产效率不高。

于是，他在走访大桥乡席苏村公社时，提出发展架子车是贯彻落实中央提出的"调整、巩固、充实、提高"八字方针的重要举措之一。因为架子车不吃草料，还省人力，工作效率能顶三五个劳动力，很有发展前景。

他在一个生产大队做推广时，一边将沉重物品放到架子车上，另一边用马和骡子驮东西，这样简单明了的比较，大家一看就明白了，对架子车的抵触情绪也没有了，而且有人现场编了歌唱起来：

　　架子车，小火车；
　　光干活，不吃喝；
　　个子小，又耐磨；
　　能拉东西装得多；
　　……

虽然人们一看就明白了，但又担心价格太贵负担不起。于是，焦裕禄用低息贷款在东北采购了27000辆架子车，以低于市场价格的70到80元卖给老百姓，老百姓们欣喜若狂。

从此，尉氏县到处都能看到架子车的身影，而架子车也确实在农业生产中起到了重要作用。这件事被相邻的几个县知道后，立即派人来尉氏学习，并在本县推广。很快，开封地区的几个县，都普及了架子车。《河南日报》和河南电台记者听说此事，立即采访了焦裕禄，并走访了尉氏县的群众，进行了宣传报道。

焦裕禄在尉氏的定点村之一是袁庄村，他不仅经常骑着自行车往袁庄跑，还经常住在村里和社员们一起下地劳动。袁庄村的老百姓很佩服他，街谈巷议，都觉得这位干部平易近人，很多事都亲力亲为。

这一年，袁庄生产队种了几亩西瓜，焦裕禄下乡时就经常在西瓜地里帮忙，拔草、施肥、浇水、压蔓，什么活都干过，几乎每一个西瓜上，都有他劳作的痕迹。

西瓜熟了，袁庄的老百姓就向村干部提议，说应该给焦裕禄送几个大西瓜，让他也尝到自己的劳动成果。村干部同意后，瓜农袁平主动把分给自己的西瓜拉到县城，送到焦裕禄的办公室。

焦裕禄当天去外面开会，第二天一上班看到西瓜，就知道这是袁庄的西瓜。他一问，才知道不是买来的而是袁庄送来的，就批评了办公室的同志，让他们把西瓜送回去。

袁平接到通知，到了县委，县里的同志讲了缘由，让他将瓜拉回去。他心里憋气，把瓜拉到了焦裕禄家里。焦裕禄死活不收，袁平只好撒谎道："这是村里分给我的西瓜，已经不是集体的财产，是我个人的，我送给你吃。"

焦裕禄仍是拒绝:"你个人的我更不能收,你把这瓜拿去卖了,给家里做补贴吧!我这儿坚决不能要。"

袁平说:"你为我们村的付出我们都看在眼里。你不吃几个瓜,我心里实在过意不去。"

焦裕禄说:"我去劳动是应该的,能让集体的瓜取得好收成是我的愿望,但我坚决不能收,这个头一定不能开,请你理解。"

正在这时,焦裕禄的几个孩子放学回来了,袁平二话不说,抱起一个西瓜,进了厨房,拿起菜刀,几下切开,端了出去。

孩子们一看,欢呼起来,上去就拿着瓜吃。

焦裕禄从孩子们手里夺过瓜,脸色一下子拉下来,说:"你们没为集体劳动,怎么能吃集体的瓜!"

孩子们一下子不知所措,委屈地哭起来。

袁平也急了,声音也高了:"孩子们没劳动,可是你劳动了呀!"

一看袁平如此执着,焦裕禄才笑着对他说:"你回去后代我向乡亲们表示感谢,这个瓜我收了,其余的几个瓜,就辛苦你拉回去。"

袁平只好点了点头,同意了焦裕禄的办法,便将其他西瓜放上架子车,准备往回拉。

焦裕禄起身从屋里拿了几毛钱塞给袁平:"这个瓜钱,你收下。"

袁平坚决不要,拉着架子车就离开了。几天后,焦裕禄下乡,把那几毛钱交给了袁庄生产队。

转岗

1962年，兰考的县委书记需要调整，河南省委和开封地委开始在县一级干部中物色优秀人选，找了三四个人选，却都在酝酿阶段否决了，因为兰考是一个太过重要的地方，是一个必须有能力、有担当、有魄力的人才行。

后来大家在商量的时候，觉得有一个县委的领导可以派去，这是一个很出色的县委书记，但是一听说让他去兰考，他当时没有表态，过了一会儿，他跑到厕所，忍不住大哭了一场。

领导听到哭声，过去一看：这不行，还没出征，就已经畏难到如此程度，怎么能堪此大任？

开封地委书记张申很失望，这时候突然想起一个干部来。

1948年，张申在尉氏县担任县委书记兼县长，焦裕禄是他的部下，所以对焦裕禄的工作作风和思想品质非常了解，后来，得知焦裕禄在工业战线上的突出表现，也甚感欣慰。所以，张申向地委和省委建议，让焦裕禄担任兰考县县委书记。得到省委的批准后，张申让组织部把焦裕禄叫到开封地委，他和焦裕禄进行了诚恳的谈话。

他先问焦裕禄是否熟悉兰考县，焦裕禄认真地说："不太熟悉，但是听说了许多兰考的事情，听说那里有很多逃荒要饭的。"

张申说："是的，这是一个穷县，也是一个自然条件很差的县。去兰考工作的话，需要有思想准备。"

焦裕禄立即站起来，坚定地说："听从组织安排，如果让我去兰考工作，我立马上任。"

张申点点头说："我们考察了一圈，最后决定让你去兰考担任县委书记，你觉得如何？"

焦裕禄依然站着，微笑地看着张申书记："感谢党信任我，把我派到河南最困难的县去工作。越是困难的地方，越是需要我们共产党人去赴汤蹈火的地方；越是困难的地方，越是能锻炼人。不改变兰考面貌，我决不离开这个地方！"

张申担心地说："我知道你有肝炎，虽然最近有好转，但是经不得折腾，更经不得劳累和营养不良。从身体方面考虑，你可以选择不去。"

焦裕禄斩钉截铁地说："请张书记放心，我焦裕禄的命都是党给的，我一定完成党派给我的任务。"

张申让焦裕禄喝水，然后说："不用急着去，你先回家，把家里安顿一下，再去兰考。"

焦裕禄喝了一口水，说："趁这口水喝下去，肚子热乎着，我现在就去兰考。"他突然想起什么，说道，"我想起来，毛主席曾视察过兰考。这么重要的地方，毛主席这么关心的地方，我一定要和这里的人民群众一起，把兰考面貌改变了。"

1962年12月，省委和开封地委作出决定，下发文件调焦裕禄到开封地区最穷的兰考县工作。

临走前，尉氏县县委开了个座谈会，大家一一向焦裕禄表达了依依不舍之情，焦裕禄却让大家对他的工作提意见，以便于他在新的岗位上做好工作。

县委书记夏凤鸣同志说："兰考是远近闻名的穷县，焦裕禄同志到那儿去，是组织的信任，是我们尉氏干部的光荣,但是,那儿穷,我们要给焦裕禄同志带些东西过去,让他一去就能好好安心工作,不用担心生活。"

焦裕禄坚决不同意:"兰考的群众能过得了冬,我就能,我是打过仗、挖过煤的,啥苦都能吃!"

夏凤鸣书记说:"去年秋天,县里给你批了50尺布票,你坚决不要,退了回去。既然你啥也不要,就给你做件棉衣带到兰考吧。"

焦裕禄说:"夏书记,同志们的心意我领了,但是我确实不怕冷,这个冬天,我和在这儿一样,能扛过去。"

焦裕禄的坚决态度让夏凤鸣一筹莫展,他突然想到一个主意,连忙给开封地委打了个电话,说了县常委会决定给焦裕禄做一套棉衣而焦裕禄坚决不要的事,地委领导表态说:"你们县委做得对,要尽快办好送去。"

这时候,焦裕禄已经赶到兰考赴任,而县委办公室也悄悄派人把棉衣送到兰考,并且写了一个便条放在棉衣上,说这棉衣是县委常委会决定送给他的,而且经过地委领导同意,所以一定要收下。

焦裕禄看到这个便条,心里很感动,便给尉氏县县委常委会写了一封回信,信中有这样一句话:"既然是组织上的决定,我服从,我表示衷心的感谢。"

第二章 为官一任，造福一方，遂了平生意

1952年10月30日上午，毛泽东前往河南省兰考县东坝头视察黄河大堤时，强调"要把黄河的事情办好"。如今竖立在此处的纪念亭上镌刻着毛泽东视察黄河东坝头的经过和指示。东坝头很重要，这里是黄河大决口的地方，是黄河从往东流而改为往北流的重要转折地。

焦裕禄一到兰考，就拜谒了毛主席纪念亭，学习了毛主席对黄河的指示，又进一步了解了黄河的前世今生，以及黄河对兰考造成的危害。

1. 摸清情况

和焦裕禄同到东坝头的还有为他送行的尉氏县的负责同志、开封地委组织部的同志以及治理黄河问题的专家。

黄河专家把黄河改道的前后背景告诉了焦裕禄。看着滔滔黄水，专家娓娓道来——

清朝咸丰五年，也就是公元1855年，在这年的农历六月中旬，黄河上游突发大水，浩浩荡荡冲泻下来。东坝头那时候叫铜瓦厢，地形低洼，河道淤积严重，因而水位猛涨一丈以上。祸不单行，这里又下起了瓢泼大雨，雨水和河水相聚，水势更为猛烈。六月十八，铜瓦厢河段三堡以下无工堤段，一下子坍塌三四丈，晚上风雨交加，风卷着河里的狂澜，浪拍着两边的危堤，河堤崩塌迅速加剧。到了六月十九，这段堤防再也支撑不住，溃塌下来，狂怒的河水由北面决口处倾泻往北而去。

清朝咸丰年的代理河东河道总督蒋启扬眼看形势危急，在决口的前一日，急匆匆向朝廷奏报，报文大致为："黄河水势异涨，下北厅铜瓦厢，大溜下卸。无工处所，堤工万分危险，现在竭力抢办""臣在河北道任数年，该工岁岁抢险，从未见水势如此异涨，亦未见下卸如此之速。目睹万分危险情形，心胆俱裂……"

关于决口情形，他又在决口后奏报："道厅文武员弁，于黑夜泥淖之中，或加邦后戗，或札枕挡护，均竭尽心力""所加之土，不敌所长之水。适值南风暴发，巨浪掀腾，直扑堤顶，兵夫不能站立，人力难范""十九日漫溢过水""于二十日全行夺溜，下游正河，业已断流""口门刷宽七八十丈……"

到了咸丰五年七月初，铜瓦厢堤坝的溃垮已经扩大到一百七八十丈宽。放眼望去，一片汪洋，汪洋里有兰考的兰仪、祥符、陈留、杞县，可谓"远近村落，半露树梢屋脊，即渐有涸出者，亦俱稀泥嫩滩，人马不能驻足"（见《再续行水金鉴》）。这片汪洋里，最惨的是山东东明县，县城被洪水围困，时间长达两年。而且，这片汪洋里，除河南、山东之外，甚至还有河北等地，受灾面积达3万多平方公里，粗略统计，灾民达700万人。

专家说着，拿出书把书翻到黄河改道这一页，递给焦裕禄，指着上面说到的三段文字，问焦裕禄是否能看懂。焦裕禄看完后，表示懂了。

专家进一步告诉焦裕禄，铜瓦厢决口前，虽然李自成围攻开封时守城官员决堤水淹围兵，把这块土地弄得不堪收拾，但毕竟有一条河从境内流过，人们沿河打鱼，种植芦苇等宜水植物，在几百年的时间里生活，繁衍，人口也就渐渐多起来。

开封地委的同志指着坝后大片沙地，感叹说：铜瓦厢决口之后，黄河走了，北去了，留下大片河滩，几乎全是沙子。过去可以种植芦苇的坑洼地，没了水变成盐碱地，更重要的是黄河北去冲破了北边挡风的屏障，到了冬春，北风就不失时机地赶来，无遮无拦地吹来，从黄河拐弯的河面，浩荡南下，把兰考大量的沙土卷起来，遮天蔽日，浩浩荡荡，堆积起一道道沙岭，毫不犹豫地埋藏掉地面的庄稼。新的沙岭形成后，人们再到新的能种植的地方耕种，但是到了来年，到了冬春，又是大风，又是新的沙岭，又是不见庄稼的千里沙地，如此反复。

黄河专家接着地委同志的话，告诉焦裕禄：离黄河拐弯处往南几十里的地方，过去是河道和河湾，或者是小岔沟，都是沿河道能让人养殖和种植的洼地，但是黄河走了以后，地面水源没有了，原有的水渐渐下沉或者蒸发，没水了，地面就盐碱化了，远远看去，白花花一片。这些盐碱到什么程度呢，当地人戏说，把地上的白碱刮下来，可以在蒸馍发酵后当碱用，可见盐碱之重。

还有夏秋的雨，这雨面对贫瘠的土地，似乎表现出了落井下石的残忍，常常一夜之间下得房倒屋塌，本来就贫贱的土地又得承载汪洋一般的水。而且这水不可能是不动的，流淌的水冲出一条条新的沟壑，把人们施在地上的农家肥冲得荡然无存。更有人在夜半被水冲走，尸首不知被淤在哪片沙地下面。

听着大家的介绍，焦裕禄深感自己肩上的担子有多重，他在心里说："在这样的土地上，怎么种植？怎么生活？兰考，母亲河在你身上来来去去的兰考，留给你的，除了苦难，还有什么？"

焦裕禄站在大堤上，站在毛主席当年站立过的坝顶上，焦裕禄向地委组织部的领导表态："兰考的条件虽然如此困难，比我想象的还要困难；兰考人民的生活虽然穷困潦倒，比我想象的还要差一些，但它是祖国的土地，是战士用鲜血和生命从敌人手里夺取的，是领袖毛主席牵挂并亲自视察的地方，能让我在这里为人民服务，是组织对我最大的信任，请转告地委领导，我一定不辜负期望，一定拼上这条命，为兰考开辟出一个新天地。"

2.我们不要辜负了先烈，不要辜负了人民

正值隆冬时节，但焦裕禄从东坝头回到兰考县委后还是停不下脚步，去村庄里察看，在基层中走访。回到县委，和同志们见面后，他感慨兰考是一个非常美好的地方，是革命先烈用鲜血换来的地方，是伟大领袖日夜牵挂的地方，是老百姓过日子的地方，但同时，兰考是个艰苦的地方，是个自然条件极差的地方，他向同志们表态："党派我来和大家一起，就是来改变穷困面貌的，就是要让人民群众过上好日子的。"大家一听，非常高兴，知道来了一个真心为兰考人民谋幸福的县委书记。

几天后的一个晚上，焦裕禄冒着大雪，到村里察看，却发现许多人拖家带口，往一个方向走——兰考火车站。它是陇海铁路大动脉上的一个小站，现在却挤满了人。在向一个火车站工作人员了解情况后，他才知道，这些奔往火车站的老百姓，都是去逃荒要饭的。火车一到站，他们就扒上去，也不问火车在哪儿停，更不会买票，大部分扒的都是货车。火车在哪儿停，他们就在哪儿下，目的地就是火车通往的任何地方，去那里要饭。因为他们知道，哪儿都比兰考强，哪儿都能要来一口吃的，唯独留在兰考，甚至饿死都有可能。

焦裕禄很伤心，立即回到县委，通知在家的县委委员开会。人到齐后，大家都等着焦裕禄宣布大会讨论事项。

焦裕禄微笑地扫视了全体委员，先说了自己的基本情况，特别说了自己在尉氏的工作，话锋一转，对着大家："我想问大家一个问题，兰考现在有许多老百姓没有睡觉，他们在干什么呢？"

大家面面相觑，没有一个人发言。

有的人是从床上被叫起来的，忍不住打了哈欠。

焦裕禄等了一会儿，看还是没有人发言，就对大家说："咱们出去一趟，去看看兰考人民吧。"

他们来到火车站，看到火车站站台上挤满了外出逃难的人，这些人顶着大雪，忍着寒风，拖家带口，就是想到外面去逃荒。

焦裕禄走到他们中间，仔细询问："为什么要出去讨饭？"

有人说得很真诚："不出去，在这儿等着饿死吗？"更有人主动说："连年大灾，日子实在是没法过了，谁不知道故土难离，如果能有一点法子，也不会落到这个地步！"

焦裕禄回到县委委员们中间，深深吸了一口寒气，说："这些逃难的群众，都是我们的阶级兄弟，党把他们交给我们，就是要我们领着他们过上好日子，而不是让他们冒着大雪，拖儿带女地出去逃荒要饭！我们没能带领他们战胜灾荒，我们应该感到羞耻！"

一番话说得县委委员们低下了头，身上的责任仿佛更大了。

之后，在焦裕禄劝说下，一部分群众不再选择逃荒，跟着焦裕禄回到了家乡。

当焦裕禄和县委委员们回到县委时,已经是午夜,焦裕禄先让大家学习《为人民服务》《纪念白求恩》《愚公移山》,然后让大家结合当晚所看到的,谈学习体会,谈下一步打算。

从大雪纷飞的火车站到县委会议室,真实的现场感让大家唏嘘不已,再加上学习"老三篇",大家就感到很受益,很受启发,战斗激情在心里升腾起来。

不久,焦裕禄又召开了全县三级干部大会,分析了兰考的形势,号召全县人民迎难而上战天斗地。焦裕禄在大会上动员说:"路是人走出来的,如果我们能在最困难的地方走出一条新路,甚至是一条大道,那是多么地光荣,那是多么地值得我们骄傲啊!"

就是经过这一系列思想动员后,全县各级干部达成共识:到最困难的地方去,到最艰苦的地方去,到灾情最重的生产队去!

兰考县有一个办公室,叫"劝阻办"。焦裕禄看到这个办公室时,心里感慨万千,他和劝阻办的同志们交谈,问劝阻的效果如何,大家几乎都说很难。

原因很简单,农民家里没吃的,你把人家劝回去,人家吃啥呢?你给人家粮食吗?你有这么多救济粮吗?

焦裕禄立即召开了县委工作会,他在会上说:"制止人口外流也要加强思想教育,正确分析形势,要让全体老百姓认识到,出去逃荒要饭的危害性。还有,单纯靠发粮食和物质刺激是解决不了长期问题的,只有从多方面发展生产,增加收入,扩大副业门路,大搞多种经营,才是解决问题的根本办法。"

会后,焦裕禄和大家一起想办法,他和县委其他领导在讨论中认识到:没有治理灾害的根本办法,光是把老百姓堵在家中是不行的,那是要死人的。此时,可以有一个变通的、临时的办法,就是组织大家在能挣钱养家糊口的地方去生产自救,这不是逃荒,而是外出就业,是组织上组织的,不是个人行为,更不是逃荒要饭。

1963年7月,在焦裕禄的提议下,兰考县劝阻办改成"除三害"办公室,各乡镇也成立了这一办公室,并且,焦裕禄亲自担任办公室主任。

之后,县委召开了县委扩大会议,扩大到公社一级,让各位干部给县委领导提意见。当然,是分组召开会议的。大家提意见时,仅在小组里,不会让被提意见的人当面难堪。

焦裕禄让大会秘书处将意见整理好,是谁的意见就转给谁,并让县委领导在会上当着大家的面答复。大家的意见其实很尖锐,指出了许多干部的思想痼疾,所有被提意见的领导都在会上作了自我批评。焦裕禄作了总结,号召大家起来干革命,而不是混革命。

3.哪里"三害"最严重,哪里就有焦裕禄的身影

县委组织干部成立了"三害"调查队,对兰考境内的风沙、盐碱、内涝"三害"进行调查摸底。焦裕禄和"三害"调查队一起,纵横跋涉5000多公里,查出了全县的84个风

沙口、1600多座沙丘，还把全县所有的洼地，容易在下大雨时形成内涝的洼地绘成图，又把县内的河道淤塞情况摸了底，也绘了图，编上了号。焦裕禄在做这些基础工作时，充满信心地说："我要把兰考1094平方公里的土地摸透，我要亲自掂一掂'三害'的分量！"

经过这一番调查，焦裕禄有了底，让他倍感沉重的是，兰考总共不足百万亩耕地，而其中盐碱地就有26万亩，沙地24万亩，涝地36万亩，三项加到一块儿，就80多万亩，而真正的良田，竟然不足20万亩。

一次，焦裕禄在城关公社察看生产时，刮起了大风。焦裕禄不但没有躲风，而且兴奋起来，对同行人卓兴隆说："老天爷给了我们好机会，这时候正是准确寻找大风口的好时机。"

于是，他们顶着风沙走，沙子不断打在脸上，焦裕禄不断地用手扒拉着，继续走。走了快十里地的时候，焦裕禄掏出毛巾，让卓兴隆擦擦脸，笑着说："你都成大花脸啦。"

卓兴隆对着焦裕禄笑了："你没看看你，你更是大花脸！"

两人笑着，嘴里吹进了沙子，吐了几口，吐在了几片被风连根拔起来的豆秧上。

焦裕禄捡起豆秧，心疼地说："老百姓辛辛苦苦种的庄稼，被风这么一吹，就吹走了。"

卓兴隆点点头："这里是最大的一个风口，每年种的庄稼大都是这命运，能够留下三成，老百姓就谢天谢地了。"

"这么说这里是个老风口？"

卓兴隆又点点头。

"既然知道了,是个老问题,怎么办呢?"焦裕禄看着卓兴隆。

卓兴隆知道焦裕禄的心思,坚定地说:"风沙口,锁住它,就没有风沙了。"

焦裕禄站在风里,面对着风口,说:"就在前面那儿,咱们栽三道防风林,开始树小,起的作用小一些,可以挖一些挡风沟,筑挡风墙;等树长大了,它们像战士们挺起胸膛一样,保准能把风沙挡在外面!"

兰考本来是黄河滩地,水位很高,挖一个坑,第二天就有水。正因为这样,水里的盐碱就侵蚀到土地里来,白花花一片,不能种庄稼。焦裕禄便深入盐碱地,向老农讨教。

秦寨大队的盐碱地里,长着一片类似红柳的树,焦裕禄感到有意思,就问老农这是什么树。

老农说:"这是三春柳。"

焦裕禄问:"为什么它在盐碱地里还能长?"

老农笑了:"它就这习性。盐碱越多,它长得越旺。"

焦裕禄若有所思,然后折下一枝:"这能编筐卖钱吗?"

"那还用说。"

焦裕禄又捏起地上的盐碱土,放到嘴里尝了尝,然后问老农:"我尝了这土,觉着咸的是盐,凉的是硝,又涩又辣又苦的是碱,对不?"

"太对了!"老农说。

晚上,老农回村,得知下午和他聊天的是县委书记焦裕禄,感动得半天说不出话来。

农民最盼望的时刻,就是收获的时刻,但1963年,兰考农民正准备开镰收割的时候，秋汛提前来到兰考。连续降雨，下得洼地积水，河水漫滋，大片成熟的小麦被泡在水里。

县委办公室的电话几乎一个接着一个，都是报告灾情的。天还没亮，焦裕禄就来到办公室，找到办公室主任，让他陪着去城关乡察看灾情。

他看到了一幅幅悲惨的画面，有的房屋被水淹了，水把墙泡软了，不断地有房屋塌下来，在沉闷的倒塌声中，水花被溅得很高，更有庄稼，被水淹到了脖子，有些淹到了头顶，已经没救了。

焦裕禄在水中艰难地迈着步子，看到一个老农用棍子支撑房梁，他赶紧跑过去，想帮老农一把，还没有说话，他却弯下腰，面色如土，额头上流下豆大的汗珠。

老农吓坏了，大喊："焦书记——焦书记——"

焦裕禄摇摇手，艰难地说："没问题。"

办公室主任知道焦裕禄的肝病加重了，要背着焦裕禄回县委，焦裕禄咬着牙挺起身子说："没问题的，先回县委了解情况。"

到了县委，他让办公室连线一个个乡镇，办公室值班的同志报告，大部分乡镇已经报来情况，有些生产队也报了，但是还有大部分生产队和一些乡镇，根本联系不上。

焦裕禄一挥手："下去，咱们都下去，必须弄清灾情。还有，通知在基层的县委委员、公社党委书记、公社社长和派驻大队的工作组，要他们尽一切可能发动群众，刻不容缓地抢救庄稼。通知水利局的同志，让他们即刻下乡，指导地方排水排涝。"

说着,他又要往出走,却被同志们拦住了,办公室主任说:"焦书记,你刚才差点儿栽到水里,你的肝病成这样,坚决不能下去了,你在办公室等着我们汇报就行。"

其他干部堵在焦裕禄面前,挡住他出门的路,大家纷纷说:"焦书记,你要相信我们,我们一定按照你的指示,做好排水排涝工作。"

但是焦裕禄却说:"这么大的雨,这么大的灾,全县人民都看着咱们这些干部呢。我们必须把人民的灾难放在第一位,什么都别说了,出发!"

大雨如注,没有丝毫停歇。焦裕禄的身上很快被雨浇透了,他依然大步前进,走过陇海铁路钱,到了一条河跟前,河水湍急,挡住了路。

大家让焦裕禄到村子里去,他们过河去那边察看,焦裕禄却卷起裤腿,无声地下了河。

大家什么也不说了,争先恐后地跳下河,蹚着齐腰的水,到了河对岸,走进一个个村庄,走进一个个群众的家,了解房屋土地受灾情况,帮大家坚固房屋。

焦裕禄又找到几个老农,了解排水的最好办法。

天快黑时,他们到达城关乡政府,立即召开了全县防汛会议,部署了防汛工作。

乡镇和大队领导听焦裕禄讲得头头是道,切入实际,都感到焦裕禄太懂抗洪了,后来才知道焦裕禄带着肝病,已经在雨里泡了一整天,无不动容。

1963年7月,县委经过全面详细的调查,制订了《关于治沙、治碱和治水三五年的初步设想（草案）》。

草案里，关于治沙，主要的办法是造林；治碱，采取先治次生碱，再治淤区半成品，后治老碱窝的先后次序；治水，以小型为主、群众自办为主、整修配套为主的方针，坚持舍少求多，舍坏救好，充分协商，互为有利，不使水灾搬家。

对于这个规划，县委给省委和地委打了报告，焦裕禄在报告的上面加了这样一段话：

> 我们是全心全意为人民服务的，为人民服务是具体的，不是抽象的。兰考是我们光荣的工作岗位，我们对兰考的一草一木必须发生深厚的感情，一定要把这个地区的工作做好，不然我们是不甘心的。当前兰考的灾情如此严重，我们必须有伟大的革命胆略，冲天的干劲和实事求是的工作作风。我们有决心领导全县人民，苦战三五年，改变兰考面貌。不达目的，死不瞑目。

4. 治理"三害"，讲究实事求是

为了治沙，焦裕禄请教治沙勘察队专家的意见，请他们对兰考的沙害指出一条治理办法。

勘察队的专家对治沙了解得很多，但在面对兰考如此大规模的沙丘，也有些一筹莫展。

一个专家说："国外有一种办法，叫沥青固沙法，就是在30公斤沥青里加上95%的水，拌成乳剂，用喷雾器向一亩沙丘喷洒，就能在表面形成固定层，从而治住沙丘。"

焦裕禄听了，问大家行不行，大家都摇头。

焦裕禄说："感谢你提供的这种方法，这方法在外国可能很管用，但在兰考，不行！一是这沥青要每亩30公斤，一万亩就是30万公斤沥青，我们能买得起吗！还有，这边固定好了，那边风起，把沙子吹过来，盖到固定好的沙丘上，又成了新的沙丘，怎么办呢？"

焦裕禄想来想去，还是决定到群众中去寻找办法。

兰考东坝头的张庄村是最大的风口，又是黄河铜瓦厢决口的发生地——黄河就是在这里，放弃了几百年往东流淌的走向，而改为向北流；这一拐弯，河面坦荡宽阔，没有任何遮挡物，就成了最大的风口，同时，也是沙害最严重的地方，毕竟风和沙，是一对孪生兄弟。

焦裕禄在风沙最大的一天，到地里察看，却发现有一处坟完好无损。后经了解，是农民魏铎彬家的，便去找魏铎彬请教。

魏铎彬摸了摸头，叹了一口气说："我妈在世，没享过一天福，就走了。我去给她上坟，发现坟上的沙土，被风吹走了大半，棺材都露出来了。我一看就哭了，心想我妈在世受苦，死了还不得安宁，我就翻地里的沙土，想着越往下挖，沙土就会越湿，土也会多一些，就一直往下挖，没想到挖下去五六尺，就见到胶泥了。我把胶泥铲出来，压到坟上的沙土上，风再大，也吹不走了。"

焦裕禄一听，眼睛一亮，立即叫上张庄大队的干部，当然也叫上魏铎彬，一起到了地里，就在离魏铎彬母亲的坟不远处开挖,果然挖到五尺左右的时候,挖到胶泥,而且再往下挖,有一米左右厚呢。

焦裕禄兴奋极了,说:"这就是为我们兰考人民存下来的宝贝,这就是我们能战胜沙丘的宝贝!"然后他让大家再到另外几个地方,看看其他土地里,是不是也是这样。

大家去几个地方挖了以后,竟然一模一样,都有胶泥,而且都在地下五尺左右的地方。

焦裕禄高兴极了,看着茫茫沙海,说:"这就好办了,我们一个人一早上封一个坟大小的沙,一万个人就能封一万个坟大小的沙土,十万人呢,几十万人呢!太好了!"

他先到张庄村搞试点,用了两天时间,封了一个30亩的沙丘,这些沙丘经过七级大风的考验,也纹丝不动。

于是,焦裕禄和县委领导一起,在张庄又搞大面积试点,大干了一个月,把17个沙丘,1000多亩的沙丘,全部盖上了半尺左右的胶泥。不到半个月,又来了一场七级大风,1000多亩地完全经受住了考验。

焦裕禄给这种经验取了个名字,很形象:贴膏药。

紧接着,焦裕禄又向老农请教挡风的办法。只要能有办法把风挡住了,就不用担心盖在沙土上的胶泥,在几十年的大风肆虐后,被刮得所剩无几了。

老农告诉焦裕禄,兰考这块土地,适合种泡桐。泡桐耐盐碱,喜沙地,十分适合在兰考种植。老农还随口说了一句长久流传在兰考的民谚:"兰考有三宝,泡桐、花生和大枣。"

焦裕禄问:"泡桐长得快吗?"

老农说:"快,几年就成材了。"

焦裕禄眼睛一亮,又请教了林业专家,总结出了一条治风经验:

> 造林固沙,
> 百年大计;
> 育草封沙,
> 当年见效;
> 翻淤压沙,
> 立竿见影;
> 三管齐下,
> 根治风沙。

经和县委班子研究以后,大家决定,在胡集大队设立种植泡桐的试点。

春天,正是栽树苗的好时候,胡集大队组织社员准备栽树。树苗拉来了,人也到齐了,但是村支书和大队林业主任发生了分歧,两个人各有各的看法和主张,互不相让。

林业主任认为这种搞法不切实际,村支书却认为这种办法好,说上级决定了。林业主任认为,上级也要切合实际,不能瞎指挥。村支书说这是群众的意见和经验。林业主任说不能当群众的尾巴。二人争得面红耳赤,大家在一边不敢吭气。

就在这时候,焦裕禄下乡,骑着自行车到了这里。

群众一看,高兴了:"让焦书记定吧。"

焦裕禄让村支书和林业主任发表意见。

村支书说:"按照县里指示,现在应该种泡桐了。我想,把树苗栽成行,横竖都好看。现在已经长着的树,因为散乱不好看,应该挖了,而这些树苗成行成排立着,既好看又挡风沙。"

林业主任说:"人挪活,树挪死,我不同意这种追求形式主义的做法。"

焦裕禄看了看林业主任,问:"在兰考的沙地上,哪种树长得最快?"

"那当然是泡桐。"

焦裕禄问:"那你觉得,咱们栽泡桐挡住风沙的决定对不?"

"泡桐喜欢沙地,不怕干旱,但是根浅,如果用它挡风,容易被刮倒。"

焦裕禄问:"你说用什么树好呢?"

林业主任回答:"刺槐。刺槐根扎得深,刮不倒。"

焦裕禄笑了:"这个我已经了解了,我们在张庄那一大片风口地上,就已经种上了刺槐,那是百年大计。但是,如果在这大片土地上种刺槐,地就基本废了。刺槐的根能把地长满了,而且不成材,你觉得老百姓愿意吗?"

有群众顺嘴道:"泡桐根浅,我们栽深一些不就解决了吗?"

焦裕禄问林业主任:"栽深一些,能解决不?"

林业主任脸红了:"那当然可以。"

焦裕禄这才说:"我们决定事情要先抓住主要矛盾,眼

下主要是挡风沙，但同时，要兼顾我们的土地，我们赖以生存的土地。选择种泡桐，既能成材做家具，增加收入，又不毁坏土地，还能挡住风沙，一举三得。但是，林业主任的话也对，我们一定要深挖坑，俗话说，根深叶茂。我们栽的所有树都根深叶茂了，风沙才不能来肆虐。"

随后，焦裕禄对大家说："我们要先顾吃饭，后顾好看。"他看看村支书，"我想，大家先不要把已经长着的树刨出来，就为了和咱们的新树栽成好看的排列。我们先把新树栽下，等到原来那些树长大了，伐了做柜子，不就好了吗？"

村支书睁大眼睛，说："有道理。"

这一次栽树结束后，焦裕禄看见路边有一棵小树苗，原来是被人们扔掉的，小树苗不但小，而且歪。焦裕禄把小树苗捡起来："它也可以长成参天大树的，来，谁和我栽？"

小伙子魏善民正好在焦裕禄身边，立即动手挖坑，于是就有了我们现在看到的长得郁郁葱葱的"焦桐"。

看着新栽的小树，焦裕禄说："多像一根扎在沙地里的针呀！"

于是，栽树挡风的办法，就被群众形象地称为：扎针。

去年秋天，笔者专程采访了那个和焦裕禄一起种树的小伙子魏善民，现在已经不是小伙子了，是魏大爷了。

"焦桐"并没有什么过人之处，一样的高大身子，却没有高过其他树的头顶；一样的枝繁叶茂，并没有比其他树稠密多少，只是它的树干，比周围的树粗壮，粗壮得可以用伟

★ 焦裕禄当年种下的"焦桐"。

岸来形容，它承载着兰考乃至全国人民对焦裕禄的思念和敬仰。焦裕禄虽然离开大家了，他植的树代表着他，注视着兰考大地。

魏大爷来的时候是下午四五点钟的样子，太阳光从西边的树枝树叶间照下来，花花点点地照在地上，魏大爷的脸上也就花花点点的，他和蔼地笑着，嘴张得很大。我发现，他只剩一颗门牙了。

"当年你和焦书记栽这棵树时，多大年纪？"

"21。"他说，手往前一伸。他的声音洪亮而有力，不像一个老人。

我微笑着："你当时结婚没有？"

魏大爷摸了一下头："谁跟我结婚啊，一眼看不到尽头的沙丘布在我的周围，谁见谁跑。"

我点点头，又笑着问："是焦书记叫你和他一起栽的，还是你主动要求的？"

他在后脖子上摸了一下："当然是焦书记叫我和他一起栽的。"

说到这儿，他抿了一下嘴，看着"焦桐"，说："焦书记是1962年12月6号调到俺县的，他一来就十分担忧我们县吃人的沙丘！我们这个大队大大小小84个沙丘，没有耕地，只有沙丘，为了活，也得种小麦啊。可是种在沙丘上的小麦最怕的是风，冬天，地里的麦苗长起来了，绿油油的，太好看了，但是一到二三月里就不行了。风沙一刮，离得近的麦苗都被埋住了，离得远一点的会被风连根拔出来。只要你站到风里头，不但沙子打你的脸，还连着拔起来的麦苗，连着根，打你的脸。风过去后，地里就没有多少麦苗了，没有苗哪有产量啊，到了芒种收割时，沙害最重的那一年，一亩地只产43斤小麦。就这还不能都吃了，下一年还要种麦呢，每亩光种子就需要16斤。那时候没有机械化，都是靠牛、驴等牲畜，还需要留饲料……一个村多少亩地下来，留给人的口粮就剩十几斤了。

"焦裕禄就问群众，啥能治风沙，得到的答案就是种泡桐树。泡桐树适合沙地，长得快，焦书记就问县里有没有树苗，回答是没有，于是就到外县采购。1963年春天，树苗就采购回来了，全县的人，就跟着焦书记栽泡桐树。

"栽树是两个人一组，一个人刨坑，一个人拿树苗。焦书记选了我，说，小伙子，咱俩搭班栽吧。我连声说好。心里激动，头都不抬，埋着头挖坑，坑挖好之后，焦书记扶着树苗，我开始培土。之后，焦书记用脚踩，把土踩实。为啥要踩实？因为沙土地太暄，下大雨时一般都有风，很容易倒。踩实之后，把剩下的土培在树周围，再踩踩，最后再把多余的土封上。"

魏大爷说着，脚在地上下意识地踩着，似乎又回到那个年代。

"我就这样和焦书记栽树，整整栽了两天。天擦黑时一看，满地都是泡桐了。但是焦书记不满意，他说今年咱自己培养苗子，培养得多点，下一年一次栽够。大家都说焦书记考虑得周到，连明年的工作都想到了。焦书记还说，他这两天一直在考虑一个问题，栽树不护树，等于不栽。所以想到一个最简单的方法，一三五政策。"

"啥是一三五政策？"

"这也是大家问焦书记的。"魏大爷说，"焦书记就说，这个好记，谁毁一棵，就要栽三棵，而且还要保着护着五年。这一说，大家都高兴了。他说，同意这个政策的请举手。大家哗地一下举手表示拥护。但是也有三个人没有举手，焦书记就让大家把手放下，问他们是什么原因。原来他们三个是生产队的技术能手，赶车、犁地样样好，但是干活间歇时，牲口很容易毁坏树木，所以没举手。焦书记问他们，有啥解决办法吗？他们说，耕地时是否能找个牵牲口的人？焦书记就问大家同意不同意，大家纷纷表示，只要不毁树都同意。这就把问题解决了，对此，大家都满意了。"

"这个办法真就保证了林木兴旺。"我赞叹道。

魏大爷摆摆手："这还不行。焦书记让一个大队找一个护林主任，每个生产队找一个护林员。当时我们大队一名护林主任，下面九个护林员，一共十个人专职护林。从那时开始，没有毁树的，树林才算起来了。"

我问他："你是护林队员吗？"

"当然是了。"魏大爷很自豪，"这路西的林子，就是我所在生产队的，当时就是我负责护林。"

"包括这棵'焦桐'吗？"我问。

"刚开始是我父亲魏宪堂，他说这是大事，他管。父亲管了8年，管不动了，这才交给我。我父亲说：'咱家的党员有好几个，你哥嫂都在外面工作，家里只有你是党员，交给你我放心。焦书记去世时还很年轻啊，42岁就把生命献给了兰考大地。这是他留下的根。你是党员，一定把它管护好！'我知道这事责任重大,叫我父亲放心,也就是从那时开始,我正式接手看护这棵'焦桐'。"

说到这里,他看着面前的"焦桐",满眼的温情:"从1973年开始,到现在,46年了[①],加上我父亲看护的8年,一共54年了。'焦桐'活在我的眼前,长在我的眼前,看着它从小树苗长成这么大的树!"他吸了一口气,"之前几十年都是义务的,有报酬是近几年的事。当时组织部考虑到我还要种地,于是就审批一个月给我200块钱。其实给不给,我都不在意,但是这一给,说明组织上正式认定由我管这一棵树了,这很重要,这'焦桐'的好赖,都和我息息相关了。"

魏大爷又笑了,露出了那颗牙,手一挥:"再给你讲个事。2013年,县里为了美化广场,给'焦桐'周围建了一圈水泥台,把整个树都围住了。大家是好心,我也觉着好看。但是到了2016年,出问题了,之前'焦桐'每年都是4月份开花,这年一朵花都没开,周围的树都开花了,就剩它没开。我一下子蒙了,想来想去,应该是出在水泥圈圈上。想清楚了,我就赶紧找领导反映这个情况。领导问,是不是谁破坏了?我说,不是谁破坏了,是建水泥圈圈的原因。人还需要空气呢,它也一样,水泥圈圈把它的毛根压得吸不到水了。领导非常重视,立马叫上相关人员赶到现场看'焦桐'。当时一下车,看到周围泡桐树都开花了,开的花跟葡萄一样,一大朵一大朵的,非常好看,就剩最金贵的'焦桐'没开,光秃秃

---

① 当时作者采访魏善民时为2019年。

的。领导说,魏大爷,我们找专家咨询一下好不?我当然说好。但是我不能等啊。领导走后,我顺着水泥台圈圈的外围,用钻打孔,一共打了31个,往里面一天三遍浇水,连着浇了五天才停下来。第六天早上,天没亮我就起来了,又往里面浇水。天蒙蒙亮的时候,我借着光往上一看,一下子乐了,树枝上密密麻麻的,果然长出桐豆!"[1]

5.榜样的力量是无穷的

焦裕禄对同志们常说:"在这贫穷的兰考,人要是没有干劲,心就先垮了,是没法顶住灾害和苦难的。但是,怎样让人们奋起有心劲呢,必须树立有心劲的榜样。"

他和县委办的同志骑着自行车,走遍了全县的大街小巷,发现了几个值得赞扬并推广的典型。

第一个是赵垛楼。

赵垛楼村在兰考县城东边20多公里处,1959年到1962年村里连续受灾4年,庄稼被淹死了,风把房子吹倒了,有些地方锅灶都被吹得摔破了,全村能走动的人几乎都出去讨饭了,只剩下了老弱病残。

赵垛楼的村支书赵培德心里无比悲痛,他向上级申请了一些救济粮。往常这些粮都是发给困难群众,但他想到,这样一发就没有了,地照样受灾,一点改善都没有。

---

[1] 桐豆是泡桐花的花苞,老百姓俗称桐豆。

于是，他在初春开始的时候，他和专家把村里的土地研究透了，规划了大小排水沟，还有蓄水池塘，然后实行以工代赈——谁按规定挖一方土，给七两粮食。

他知道，村里的人能吃苦，能舍力，一个劳动力挖一天，能挖两方土，就能得到一斤多粮食，那么，一家人就够吃了，就不用到外面讨饭了。

消息不胫而走，村里逃荒的人大都返回来了，因为回家只要劳动，就有粮，就能活命，谁还愿意在外面受人冷落，乞讨生活？

就这样，从开春到五月，赵垛楼村就挖了7条排水大沟和49条排水小沟。

随后，村支书赵培德请求县里支持，从隔壁县买了一些豆种和红薯，在被风沙埋住了的田地里，种上豆子和红薯。

焦裕禄得知这一情况，非常欣喜。夏天，他来到赵垛楼，和村支书赵培德一起，走遍了村里6个自然村，17个生产队，还完善了沟渠和蓄水塘的规划。

就这样，进入雨季后，兰考很多村子被淹得颗粒无收，而赵垛楼取得大丰收，除按人头每人留足300斤口粮，还卖了80000斤余粮，支援邻近村庄7000多斤红薯片。

夏天过去，刚进秋天，在兰考县召开的全县三级干部会议会上，赵垛楼的村支书赵培德作了发言，并获得一面奖旗。在大会上，焦裕禄把赵垛楼的事迹总结为：赵垛楼的干劲。

兰考县城西南部有个叫韩村的生产队，只有27户人家，在大灾的1962年,每人只分了不到一斤红高粱穗,当种子都不够,更不用说活命。

年底,焦裕禄来到韩村,了解了基本情况后,对大家说:"最好的办法就是生产自救,自力更生。有党的领导,有抗灾经验丰富的人民,再大的苦难也不用怕。"

带着没有粮食是怎么过下去的疑问,焦裕禄一家家走访,发现大家想尽办法出去讨食,还要将要回的干馍拿回家给老人吃。焦裕禄很触动,对大家说:"我来韩村的路上,看见一只小鸡在地上刨食,我就想,鸡有两只爪子,都能刨食养活自己。我们是人,难道不能用两只手养活我们自己?"

韩村群众受到了鼓舞,大家决定,决不向国家伸手,他们编成顺口溜说:

摇钱树,人人有,全靠自己两只手。

韩村人这样说,是有底气的。

这年遭遇大水,到处都淹了,韩村当然也不例外,但是韩村有一大片低洼地,里面不长庄稼,却长了茂盛的茅草和芦苇。韩村人看在眼里,高兴在心里。

水一退,他们全部下了低洼地,用一种叫作胡刀的除草工具,弯腰使劲,把大片的芦苇和茅草割下来,打成捆。

一到冬天,立在洼地里成捆的草也干了。像往年一样,这时候从安徽来了收草的人,每斤草一分多钱,光是草就卖了270000斤。村里不但用这钱买回了大家的口粮,还买了7

辆架子车，整个生产队的精神面貌大改样。到春节时，家家户户张灯结彩，过得热热闹闹。

1963年秋天，焦裕禄加入了韩村人割草的行列，韩村人看到焦书记来到低洼地与他们一起劳动，顿时欢腾起来，劳动的地方顿时有了欢声笑语。

焦裕禄到韩村总结了这一经验，并且通告全县，他在通告里写道："韩村人生产自救的胜利，说明了一条真理：事在人为，人定胜天。它给我们很大的启示：在困难面前，应该有不怕困难、不向困难低头、积极斗争的雄心壮志，这样才能克服困难和战胜困难。"

焦裕禄把韩村人生产自救的事，总结为：韩村的精神，号召全县学习。

兰考县东部的红庙镇，有一个双杨树村。1962年夏天，雨在这个村子下了72天。大队里的牲口没有吃食，饿死了6头，许多家庭几乎都断了粮，村里人看着水灾和水淹地，无奈地这样说着：

> 早晨一个毛根馍；中午面条捞不着；晚上汤，照月亮，小孩喝了光尿床，劈头盖脸三巴掌，不骂爹，不骂娘，只骂上天不给粮。

1963年，焦裕禄来到双杨树村调研，调研之后，发现做风箱是个好门路，是个生产自救的好办法。因为兰考的土地，最好养活泡桐，村子周围都是泡桐，而泡桐板，不但轻,而且不走形,是非常适合做风箱的板材。如此就地取材,生产自救。

双杨树村的群众就用泡桐做原料,把做成的风箱卖到全国。虽然很便宜,但是解了燃眉之急,大家终于能熬过这个艰难的年份了。

到了秋天,要种麦了,却没有钱买麦种,双杨树的村支书号召大家捐款捐物。

这一号召,立即起了作用。大家迅速捐款,有一个老太太,没有钱,还捐了三个鸡蛋。

就这样,捐的钱物,不但买回了当年播种的麦种,还买回了五头牛。

接着,焦裕禄到村里作了总结,发动全体社员做风箱,巩固自救经济。很快,全村人都成了风箱制作能手,卖回来的钱富裕了一个个家庭。

在全县的表彰大会上,焦裕禄高兴地说:"双杨树村这种雷打不散,坚持走社会主义道路的精神,值得大家学习。"他把这种精神总结为:双杨树的道路。

兰考县北边22公里处有个地方叫秦寨村,这个村庄的地大都是盐碱地,地上白花花一片,根本不能种庄稼。

但是,村里只有这地,也必须在这地上刨粮食吃!

夏天,一场大雨过后,地稍微松软了一些,村支书就带领大家深翻土地,把地面表层的盐碱地翻到下面去,把下面没有盐碱的土翻上来,好种庄稼。

焦裕禄到村里时,社员们正在热火朝天地翻土。他看到大家都有点体力不支，仍在努力翻土，就问："你们饭都吃不饱，还在地里翻土？"

因为他骑了个破旧自行车，身上穿着破旧衣服，所以群众没有能认出他来。

村民回答说："不能干一天就干半天，不能翻一锹就翻半锹。无论多慢，都能把地翻一遍，秋天种上小麦，明年就有好收成。"

焦裕禄知道他们说的是心里话，很感动。

焦裕禄把秦寨的事迹总结为：秦寨的决心。

在焦裕禄的号召下，秦寨人就是这样锲而不舍地挖地翻土，终于翻出了大量的良田。

不但在大会上，在平时的小会或集会活动中，焦裕禄都把这些典型挂在嘴上，一年四季，到处宣传。这样一来，大家有了榜样，便一个个对照自己村庄的实际情况，因地制宜地开展了各种生产自救。兰考的日子好了起来，到了冬天，几乎没有人外出讨饭了。

6. 人民的儿子

1963年的一个晚上，大雪下了整整一夜。

第二天一早，焦裕禄把县委院里的同志都叫起来，对大家说："这么大的雪，多少家庭会因此断顿，多少人会出不了门。我们应马上带着国家的救济粮、救济款，分四个组朝东西南北四个方向出发，给大家送去党的温暖。"

焦裕禄亲自带了一队，跋涉几十公里，走了九个村庄，慰问了几十个生活困难的农民家庭。

在梁孙庄,焦裕禄走进身患重病的梁俊才家,发现梁大娘是一位双目失明的残疾人。焦裕禄向大娘打了个招呼,就坐到梁俊才的床头,问他的病情如何,生活是不是困难。

梁俊才病重,颤抖着坐起来,问:"你是谁呀?"

焦裕禄说:"我是您的儿子。"

县委的同志连忙插话:"大爷,这是县委书记焦裕禄。"

梁俊才激动地说:"这么大的雪天,您怎么来了?"

焦裕禄亲切地说:"毛主席叫我来看望您老人家。"

梁俊才老泪纵横:"多谢毛主席操心。您给毛主席说,不要操心,我们村虽说遭了灾,但我们村有农副业,别看我没有劳动能力了,但我在社会主义新农村,村里管着我的吃穿呢。要在旧社会,我这把老骨头,早沤成肥了。"

焦裕禄拿出救济款,交给梁俊才老人:"大爷,您先过了这雪天,雪过去,我叫村里给您修房子。"

7. 群众的亲人

1963年2月,初春风冷,还有铺天盖地的雪,兰考戴留柱一家人到了兰考火车站,准备去洛阳帮人家种西瓜糊口。但是,从家里到火车站有十几里路,到火车站的时候,戴留柱的脚已经磨破了,鲜血直流。因为天气寒冷,他已经几近麻木,再加上雪中的冰凌扎着,走路一跛一跛的。

他们焦急地等着火车,来一辆火车,戴留柱的爷爷就过去询问火车是去哪儿的。戴留柱干脆把那只破了的脚提起来,一跳一跳也跟着爷爷问,一旦是去洛阳方向的,他们就打算立即扒上去。

这时候来了一个中年男人,看到一跳一跳的戴留柱,就过去问他干什么去,戴留柱说急着去洛阳弄口饭吃。那人看了戴留柱的脚,立即对身后的人说:"快来,赶紧看看他的脚!"

几个年轻人立即过来,其中一个是医生,给戴留柱包扎的时候,戴留柱的爷爷感动极了,问那个中年男人:"你是我的恩人啊,恩人,你是弄啥的?"

那中年男人拉着戴留柱爷爷的手:"别问我是弄啥的,去看看你孙子,包好没有。"

医生麻利,已经包好了,戴留柱往地上一踏,高兴地对爷爷说:"爷爷,好了。"

爷爷老泪纵横,突然想起那个恩人,跑过去问,那人却已经走出了火车站。他身旁一个年轻人走过来留给戴留柱爷爷一件棉衣。爷爷抓住年轻人的手:"小伙子,那个男人是谁呀?这么好!"

小伙子悄悄说:"这是我们县委书记焦裕禄。"

"噢——"老人恍然大悟,"早听说有个为人民办事的焦裕禄书记,原来是这么个体贴人!"

到了洛阳后,不到半个月,戴留柱又病了,爷爷送戴留柱到了医院,医院诊断为急性肺炎,需要打两针红霉素。

医生对戴留柱的爷爷说:"这个药咱医院没有,需要向上级申请,所以需要家乡的证明信。"

戴爷爷一听连忙说:"有,有呢,兰考的焦裕禄书记就是我的证人,他在火车站还给我孙子包扎,还给了我这棉衣。"

医生一听:"这样吧,我们给县里打个电话,只要县里人能证明就行。"

爷爷连忙说:"你就找焦书记,他是个大好人。"

医院真的把电话打到了兰考县委,说是最好让焦裕禄书记接电话。

恰巧焦裕禄就在办公室。工作人员一转达,他立即过去,接过电话。听了医院的话,焦裕禄说:"这是我们的人,他去你们洛阳干活挣钱,是劳动人民,希望你们照顾,经费问题我们会想办法解决的,谢谢你们。"

对方听了焦裕禄书记的话,立即向上级申请了红霉素,经过一个星期的治疗,戴留柱出院了。

半年后,他们回到兰考,专门带着柿饼到县委去看望焦裕禄。他们硬要把柿饼塞到焦裕禄手里,让他尝尝,焦裕禄坚决不要,戴留柱爷爷说:"我孙子的命都是你给的,吃个柿饼算什么?"

焦裕禄拍着戴留柱的肩膀:"多么好的一个小伙子,现在身体怎样?"

戴留柱跺跺脚,又跳了一下:"焦书记,你看俺,棒着呢,全亏了你!"

戴爷爷过去,还是要给焦裕禄柿饼,焦裕禄看着戴爷爷,感动地说:"好吧,我吃一个。"

当戴爷爷回到村里,分给乡亲们吃柿饼时,发现柿饼包里有两毛钱,老人喃喃自语道:"焦书记啊,你咋不给我一点面子呢！你就吃了个柿饼，还给我钱呢！真是人民的好书记啊！"

又到春暖花开时，国家选派了一批大学生来河南搞农桐间作的试验，省里给兰考县分了两个大学生，一个叫魏鉴章，一个叫朱礼楚。他们晚上住在试验站，白天到田野做调查。

这一天，他们到地里测风向，弄得满嘴鼻都是沙子。刚刚回到试验站就遇上焦裕禄带着两个干部来看他们，两个大学生激动得咧开嘴笑了。

焦裕禄坐下来和他们谈心，得知他们都是南方人时，焦裕禄问他们这儿好还是南方好。

魏鉴章笑了一下，看着四周："这儿比起南方，差太远了。就说这风沙，南方是没有的。在这样的地方，搞研究，有困难。"

焦裕禄点点头，叹口气说："兰考的条件呢，确实差。"随着一转话题，"但是对你们做研究呢，又非常好，因为这里的沙土，最适合泡桐的生长。这儿的90多万亩耕地，可以拿出40万亩作为农桐间作的试验地，这对你们来说，多么难得啊！"

随后，焦裕禄又询问他们生活有没有困难，家里是否需要照顾，等等。

几天后，朱礼楚和魏鉴章刚刚从地里回来，焦裕禄就跟了进来，后面跟着一个小伙子，他肩膀上扛着一袋大米，直接进了厨房。

厨房的师傅跑了出来，问这是送给谁的。

焦裕禄正和两个大学生说话,大声回应:"是给这两个大学生的,他们是南方人,吃不惯咱这儿的面。"

师傅连连点头:"焦书记想得太周到了!我看着这两个年轻人吃不好,正着急呢。"

两个大学生感动极了,焦裕禄离开时,他们送到门口,依依不舍。焦裕禄骑上自行车,都骑出去很远了,他们还在那里朝背影挥手。

1963年,刚刚过完春节,兰考张传德一家就到徐州讨饭!没想到刚到徐州不久,张传德不满1岁的儿子张徐州生病了。

张传德一家在徐州走投无路,只好扒火车回到兰考家里。

长途跋涉,还是扒的那种没有车厢盖的露天火车,所以等到一下车,大人尘土满面不成人样。再低头一看,小婴儿张徐州脸色发青,他张着嘴,黑乎乎的,呈现出一个大窟窿。

家里人想着去医院看看,但看着孩子已经成这样,几乎是没有救了,去医院也是白费神。于是,就回了家,把小孩放到床上。床旁边放着一个草篮子,就等着小孩死了,放到篮子里埋了。

就在这当口,焦裕禄来他们家走访。看到奄奄一息的张徐州,焦裕禄立即对工作人员说:"送县医院,赶紧抢救。"同时,他写了一个条子,对工作人员说,"把这个交给医院领导。"

张徐州被送到了医院,医生、护士见到他后也吓坏了,说是还没有见过如此病入膏肓的小儿。他们立即给他扎针,却怎么也找不到血管，还是一个老护士有经验，从两个脚趾头缝里扎进去，这才能输液。

半个月后，张徐州能喝奶了；25天后，出院了。

焦裕禄就在这时赶来付医药费，张徐州似乎知道谁是他的恩人，朝着焦裕禄爬，对着焦裕禄笑。

焦裕禄逗孩子："小徐州，笑啥呢？"

张传德说："还能笑啥？为恩人笑呢。"

焦裕禄去世后，张徐州一家人悲痛欲绝，不能接受这个事实，他们抱着孩子悼念焦裕禄，并给孩子改了名字：张继焦。

8.严格要求家人和自己

焦守凤

《回忆爸爸》这本书是河南人民出版社1966年面向少年儿童出版的一本读物，作者是焦裕禄的大女儿焦守凤，她在书中写到了焦裕禄对她的要求和焦裕禄的工作作风。

1954年，我还在老家山东省淄博市北崮山村住。因为奶奶生活俭朴惯了，我长好大了，还没有穿过花衣裳，向奶奶要，她也不给我做。当时老想着："哪一天爸爸回来了，我一定让爸爸给我扯一件花布衫穿穿。"

有一天，奶奶突然对我说，爸爸快要回来了。我一听可高兴啦！天天盼呀，盼呀，终于盼到了爸爸。爸爸到家那天，我和奶奶高兴极了，村里的叔叔、大爷也都

★ 焦守凤著《回忆爸爸》。

来问长问短，非常亲热。可是，我一看爸爸穿的那一身破旧的干部服，就泄气了，扯花布做衣裳的事也不敢再提了。这时，不知哪位叔叔小声说了一句："你是多年的干部啊，怎么连身像样的衣服都没有？还是这么土气。"声音虽然小，却被爸爸听见了，爸爸笑了笑说："我现在比起过去已经好得太多了，当干部是为人民服务的，等大家都穿得好时，我自然也就穿得好了。"

后来我离开北崮山，离开奶奶，跟爸爸去了他住的地方，一起生活了。

跟着爸爸后，我才知道他总是舍不得吃好的，舍不得穿好的，不论单衣棉衣，总是大补丁压小补丁。有时候妈妈劝他说："也该做件新的了，把这些破旧衣服改改给孩子们穿吧。"他却不肯，并且说："新三年，旧三年，缝缝补补又三年，大人能穿的，毁了给孩子们，浪费布，太可惜了。"

爸爸在兰考县委工作时，家里的被子，补了这块烂那块，简直烂"烘"了，晚上没法盖，就翻着盖。县委会的叔叔看到他翻盖着被子，觉得很不方便，就建议我爸爸买点救灾布和救灾棉花缝条新被子。可是，爸爸坚决不肯，说："救灾的东西是给受灾群众的，我们怎么能买？我的被子烂了，翻着盖也是一样暖和，不需要做新的，要知道灾区群众比我们更需要啊！"爸爸就是这样，宁愿翻盖被子，也不占国家一点一滴，也不多用人民一针一线。

爸爸在兰考时，名义上是在县委吃饭，实际上是在

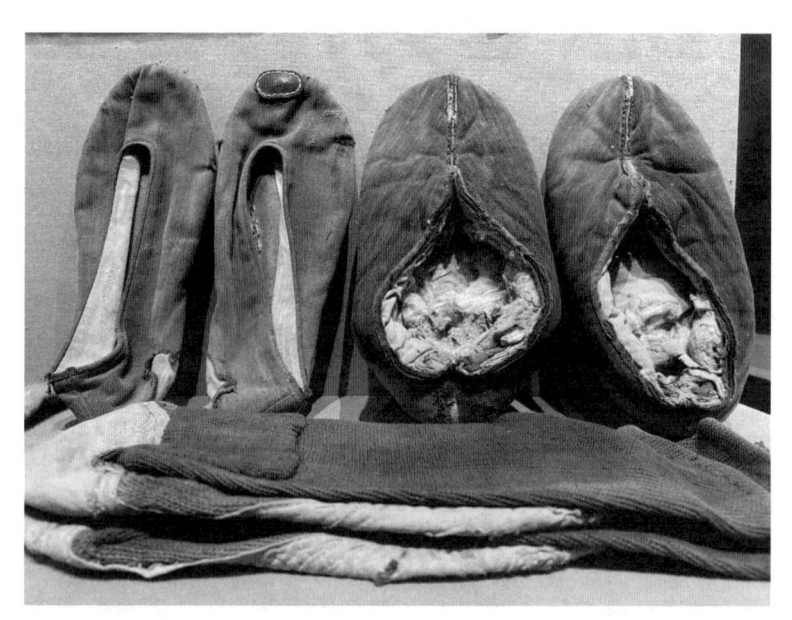

★ 焦裕禄的鞋袜。

家里跟我们一起吃。我们一家九口人，平均每天只花三角钱的菜金，不到逢年过节不吃肉。因为爸爸身体不好，有时妈妈另外给他做点好吃的，他总是说："搞点青菜吃就行啦，千万不要这样浪费。"弟弟妹妹有时也嫌菜不好吃，爸爸总是说："从小养成又懒又馋的坏习惯，长大了就会变成只会享受不会劳动的人，你们应该从小养成艰苦朴素的生活习惯。"

有一天，爸爸从开封开会回来，一到家就对大弟弟说："国庆，我给你买了一样好东西。"说着将一个纸包递给国庆。国庆打开一看，原来是两双草鞋，大家一见都笑了，我心想，这咋叫好东西呀！国庆好奇地穿到脚上，一站起来，就嚷开了："这有啥好？光扎脚！"说着把草鞋扔到一边。爸爸拾了起来，十分郑重地对我们说："不要嫌这鞋穿着不舒服，可是穿着它脚跟硬，站得稳，过去红军叔叔长征的时候，穿着这样的草鞋，冲破敌人的重重包围，胜利地到达陕北。抗日战争时期，八路军、新四军的叔叔们穿着它，打败了日本帝国主义。解放战争时期，解放军叔叔穿着它，打倒了蒋介石，解放了全中国，我们要保持优良传统，今天还要穿这样的草鞋，建设我们的社会主义，怎么说不好呢？"我们听了都很受感动，国庆重新穿上草鞋，欢欢喜喜地跑了出去。

焦守云

数年前，河南省邮政总公司负责人到河南省文联，商量怎样纪念世界邮政日，后来，经过研讨商量，由笔者画一组河南人物，定了八个人物，决定画成焦墨画，印制成明信片，叫作：河南人图谱，作为纪念世界邮政日的礼品。

画好后，印制好了，请来了焦裕禄的二女儿焦守云参加首发式。

这期间一有机会，我就和焦守云聊天，因为她是我的偶像。我在上小学的时候，在村子里看电影，看到焦守云扎个小辫子，跟国家领导人握手，觉得她太幸福了。

焦裕禄，是我们说的最多的话题。

说到那年春节，县里一位工作人员给她家送了几斤肉，焦裕禄问是不是大家都有，得知只送给他，坚决不要。

又有兰考酒厂给她父亲送来几瓶酒，说是让焦裕禄尝尝，提提意见。

焦裕禄说："我有肝病，不能喝酒，你拿给县食堂，让大家品尝一下，提提意见。但是，谁喝谁也要拿钱的。"

还说到她姐姐的工作问题，她姐姐初中毕业后，没考上高中，非常懊恼，焦裕禄对女儿说："咱家出了个初中生，多有面子啊！"

因为在当时，初中毕业，已经是大文凭了。

焦裕禄动员女儿到最基层去锻炼，一些好的单位也来要她去工作，最后她去了食品加工厂做临时工。

说是食品加工厂，这是好听的，实际上是个小作坊，做酱菜酱油。

焦裕禄对她说："一定要下力、吃苦，做一个好的劳动者。"

不久，焦守云看到姐姐挑着担子给门市部送酱油，回去给爸爸说了，爸爸立即表扬了姐姐。

姐姐这才说："开始还拉不开面子，后来一想，这是革命工作，有啥怕的，就挑着担子出门了。"

"十不准"

焦守云还说到1963年元月的事。"爸爸回家，发现哥哥焦国庆还没回家，刚要问，焦国庆回来了，一脸兴奋，问他做什么去了，他说看戏去了。爸爸问他哪儿来的钱，他说他个子小，电影院工作人员问他是谁家的孩子，他说是焦裕禄家的，就叫他进去了。"焦裕禄脸色顿时难看了，从兜里掏出两毛钱给焦国庆，让他第二天一早给售票员送去，并且要检讨。

一回，焦裕禄买票看戏，买到了第27排。看戏时被工作人员发现了，让他去第3排，说这是给领导留的位子。

焦裕禄这才明白人们的议论是真的，便对剧院负责人说："这个规矩要改，我们不能迁就某些人的坏毛病，不能放弃原则。"

随后，焦裕禄在全县大会上作报告，要求干部过节要文明，并提出"十不准"。这个"十不准"，其实是焦裕禄因为焦国庆看白戏有感而发，把当时领导干部中存在的不正风气一并提出来，要求干部们遵守。

第一条是不准用国家或集体的粮食大吃大喝，请客送礼。焦裕禄多次提到这样的事情，但凡发现一个查处一个。第二条就是不准参加带头搞封建迷信活动。这是我们共产党的原则。既然是党员了，就是信仰共产主义，怎么能搞封建迷信呢？第三条是不准赌博。这个在当时很少，焦裕禄听说个别干部中存在，就来信禁止。第四条是不准挥霍浪费粮食，用粮食做酒做糖。关于这个问题，焦裕禄很反感，因为县里曾经为了节约招待经费，用粮食做酒，说比买的便宜。焦裕禄知道后很生气，他说别小看那一斤酒，做它的粮食可以养活一家三口人两三天呢。第五条是不准用集体粮款或向社员摊派粮款唱戏、演电影等娱乐活动，谁看戏谁拿钱，谁吃喝谁拿钱。第六条是业余剧团只能在本乡、本队演出，不准借春节演出为名，大买服装、道具，铺张浪费。第七条是各机关、企业单位、学校的党员干部，都要以身作则，勤俭过年，一律不准请客送礼，一律不准拿国家物资到生产队换取农副产品，一律不准用公款组织晚会，一律不准送戏票，礼堂10排以前的戏票不能光卖给机关干部，要按先后顺序买票，一律不准到商业部门要特殊照顾。焦裕禄在大会上举例说明，当事人都感到很惭愧。第八条是不准利用职权到生产队或其他部门索取物资。这在当时看起来是极小的事情，比如拿生产队的锄头，锄自家院子的草，用完了却不还，有些是忘记了，有些是假装忘记了。第九条和第十条是要搞好副业生产，反对投机倒把，不准趁过节大办喜事，祝寿吃喜，大放鞭炮，挥霍浪费。当时已经发现苗头的，焦裕禄也制止了。

焦守云戴着眼镜，说话时不自觉地去扶一扶眼镜，声音很柔和，我们谈得很愉快。

吃百家饭

这天晚饭的时候，和焦守云一起吃饭，突然想起焦裕禄曾吃百家饭的事。焦裕禄有次在韩村和群众一起干了一上午活,中午就和大家一起在地头吃饭,但送来的却是百家饭。我正好疑惑,就问焦守云:"那个百家饭是啥饭。"

她吸了一口气:"那是老百姓讨饭时要回来的饭,所以颜色都不一样,而且是多少天前的,有些已经坏了、霉了、变味儿了,父亲硬是一口口吃完。村里人很感动,说是夏秋一丰收,要给父亲吃上他们自己种的粮食!"

她叹息父亲对身体不重视。她回忆,说父亲在1959年就知道自己是肝炎,但是嫌药贵,每剂药要30块钱,就不买。后来有同志悄悄给他买了三服,他叹着气说:"以后不能再买了,这儿是灾区,这么贵的药,我吃不下。"

焦守云说起了焦裕禄的许多事,特别是他耽误了最佳治疗时机,这让她非常遗憾。她陆续回忆着——

焦裕禄坐的椅子上有一个大窟窿,就是因为肝疼,得用一个东西顶着,顶久了,顶出了个大窟窿。

一次,父亲骑着自行车,和同志们下乡,骑到半坡,骑不动了,头上豆大的汗珠流下来,大家要送他回县委,他不让,说他没事。

就这样,直到上级党委下了命令,他才同意去住院,但在去医院的前一天,还下乡去了三义寨乡。

9.生也沙丘,死也沙丘

焦裕禄在住院前一天晚上,焦守云回忆说父亲怎么也睡

★ 焦裕禄使用过的藤椅。

不着，就拿起笔记本，想写一篇文章，题目叫《兰考人民多奇志，敢教日月换新天》，还列了四个小标题：

一、设想不等于现实。
二、一个落后地区的改变，首先是领导思想的改变。领导思想不改变，外边的经验学不进，本地经验总结不出来，先进的事物看不见。
三、榜样的力量是无穷的。
四、精神原子弹，物质变精神，精神变物质。

焦守云在谈起焦裕禄住院的情况时，她说焦裕禄先是住到开封医院，住了两天就要回兰考，念叨说还有很多工作要做，他身体没事。

地委领导来看他，决定把他转到郑州医院，而且说这是组织的决定，不治好病绝不能回兰考。于是就转到了现在的郑州大学第一附属医院。

医生非常担心，认真检查后，说是肝癌晚期。

组织上立即送他到北京的医院。北京的专家诊断后，下了结论：肝癌后期，皮下扩散。

焦守云说到这儿，流下了泪，她说妈妈一看这个诊断，如雷击一般。

最后，焦裕禄又回到了河南郑州的医院。

焦裕禄身在医院，却一直在操心县里的工作。县里干部刘俊生来看他，他担心地问："前几天，刮了几天风，沙区的麦子怎样了？下雨后，洼地的庄稼淹了没有？"

★ 焦裕禄手书：兰考人民多奇志，敢教日月换新天。

当得知由于封了沙丘，开了河道，沙地和洼地都安好，焦裕禄脸上露出了笑容。

这时候一家人都来了，徐俊雅忍着泪水让孩子们站在床前，和他们的爸爸说说话。焦裕禄已经得知自己是绝症，他给儿女们都叮咛了最关紧的话。

看着大女儿焦守凤，他把自己的手表摘下来，缓缓递给了焦守凤，让她戴上。焦守凤哭了，说："爸爸，你的病很快就会好的，你自己戴。"

焦裕禄抓住焦守凤的手："听话，戴上。"焦守凤这才抽泣着戴上了。

焦裕禄笑了："这就对了，小梅，有了这块表，你今后上班就不要迟到了。"

焦守凤重重地点头说："爸爸放心。"

省委和地委的组织部部长来看望焦裕禄，问他有什么要求，尽量向组织上提。

焦裕禄沉默了片刻，说："感谢党对我的关怀，我没能完成党交给我的任务，没能实现兰考人民的愿望，我对不起党，对不起兰考人民。"

省委组织部部长两眼含泪，对他说："你在兰考工作得很好，省委、地委对你都很满意，你已经出色地完成了党交给你的任务，无愧于一个真正的共产党员。"

听了这个评价，焦裕禄脸上露出了欣慰的神色，然后对妻子说："孩子小，担子都压在你身上，你要教育好孩子，要让他们多参加劳动，把他们培养成共产主义接班人。生活上要艰苦一些，不要向组织提要求。"

说完就昏迷过去，等他醒过来时，几个孩子都来了，他拉拉这个的手，又拉拉那个的手，孩子们都哭了。

组织部部长再次问他还有什么要求时，他断断续续说："我死后不要为我多花钱，省下来支援灾区，我活着没有治好沙丘……死后……希望组织把我运回兰考……埋在沙丘下，看着兰考人民把沙丘治好。"

1964年5月14日9点45分，焦裕禄永远地离开了家人，离开了他热爱的兰考人民，离开了他与风沙做斗争的兰考土地。

由于天气炎热，当时交通又不方便，组织上决定，暂时先将焦裕禄的遗体安葬在郑州烈士陵园，择日再迁到开封兰考沙丘。

1966年2月7日，新华社、《人民日报》同时刊登了穆青、冯健、周原写的文章：《县委书记的榜样——焦裕禄》。

此文在全国引起强烈反响，全国上下无论是党员干部，还是普通群众，都为焦裕禄精神所感动，全国人民在呼唤着一个名字：焦裕禄。

就在这样的呼唤中，组织为了完成焦裕禄的遗愿，于1966年2月26日，在一辆专列的护送下，将焦裕禄的遗体迁葬兰考。

兰考人民永远忘不了那个日子。在兰考，几乎万人空巷。从火车站到陵园，道路两旁满是自愿为焦书记披麻戴孝的兰考老百姓，当焦裕禄的灵柩出现在人们眼前时，人们齐刷刷地跪下，哭声震天动地。

我对焦守云说了我看到的资料:"就在你父亲去世一个月后,兰考的麦子就丰收了,兰考县的老百姓一看到滚滚的麦浪,就流下泪,泣不成声地说:'要是焦书记看到这丰收景象,多好呀!'

"更有1965年,也就是焦裕禄去世的第二年,兰考大丰收,历史上第一次实现了粮食自给自足。1964年冬天到1965年春天,刮了72场大风,却没有麦子被风卷起,没有庄稼被风吹得连根拔起。就是那19万亩的百条护林带,把风龙锁住了。

"1965年秋天,连续下了多天暴雨,兰考却没有一个生产队受灾。因为排水沟已经挖好了,严阵以待,把洪水放走了……"

焦守云点头称是,她说习近平总书记去兰考时,看望了她一家,还和她亲切握手,问长问短。

我说,是啊,习近平总书记专门为焦裕禄写了一首词。

她点点头说:"非常感人。"

就在我为了写这本书再一次去兰考采访回来后,我和焦守云通了电话,我想告诉她,兰考人民在焦裕禄精神的指引下,已经今非昔比,多项产业齐头并进,各个村庄整洁如新,家家户户实现富足,条条马路平坦宽阔,一座座高楼拔地而起,人人脸上都是鲜艳的光彩,兰考人再也没有出去要过饭。兰考人因身为兰考人而自豪着!

采访手记
魂飞万里，盼归来

　　焦裕禄干部学院坐落在"焦桐"树的对面，一进大门，就是一尊焦裕禄的塑像，是以那张大家最熟悉的焦裕禄叉着腰的照片作为蓝图雕塑的。

　　学院建成于2013年7月，是以弘扬焦裕禄精神为主题的全国党员领导干部党性教育培训基地。学院位于兰考县城东北部，占地面积310亩，建筑面积9万平方米，主要包括学术中心、教学楼、学员宿舍楼、行政楼、报告厅、剧场、活动中心、餐厅及其他附属设施，可同时容纳1200人培训学习，700人住宿。

　　学院成立以来，已先后被中央组织部确定为全国地方党性教育基地，被国家公务员局确定为全国公务员特色实践教育基地，是中央组织部备案的72家干部党性教育基地之一，被河南省委组织部确定为河南省首批干部教育培训基地，被河南省纪委确定为河南省廉政教育基地。同时还是中国人民

★ 兰考焦裕禄干部学院。

解放军国防大学现地教学基地，中央党校公仆意识教育基地，中央团校党性教育基地。

学院围绕习近平新时代中国特色社会主义思想和党的十九大精神、二十大精神办学，秉承"深学、细照、笃行"院训，践行"培根铸魂、守正创新、资政育人"办学理念，以弘扬焦裕禄精神为主题，把学院建设成为对党员领导干部开展理想信念、宗旨意识、群众路线、三严三实、两学一做和"不忘初心、牢记使命"主题教育，提高领导干部做工作的本领和能力的地方党性教育特色基地。

学院以市厅级和县处级领导干部为培训主体，兼及其他的党政领导干部、企业经营管理者、专业技术人员培训对象。

学院还设置了"亲民爱民""艰苦奋斗""科学求实""迎难而上""无私奉献""新时代开封、兰考"六门课程主题；根据不同级别学员设计省部级班、市厅级班、县处级班、乡科级班、村支书班培训方案；根据不同系统学员设计党政、纪检、组织、国企等培训方案；设置了"焦裕禄精神路线""习近平总书记在兰考路线""基层党建路线""开封廉政文化路线"等九大经典路线，还设置了3天、5天和7天的不同的培训日程。

现在，焦裕禄干部学院已经成为全国知名党性教育特色基地。习近平总书记来兰考县调研时，就住在焦裕禄干部学院一间学员宿舍里。在焦裕禄干部学院门口，焦裕禄手植的那一棵泡桐，远远看上去，郁郁葱葱的，就像伟岸的焦裕禄书记一般，守护着他深爱的这块土地。

笔者的采访是从这里开始的，兰考县委安排我住在焦裕禄干部学院。兰考的干部大都在这里培训过，他们在学习焦裕禄精神上，形成了许多新的经验，涌现了一个又一个感人的事迹和人物。

首先，我采访了兰考县县委书记蔡松涛。

2020年1月2日，新年上班的第一天，我一大早来到兰考县，县委的同志告诉我，县委书记蔡松涛跟当年的焦裕禄一样，正在乡下调研。

我问清楚蔡书记去的地方，便立即赶了过去。

在兰考县东部有个十万人口的考城镇，蔡松涛书记一行去察看当地的扶贫情况。到达李三阳村的时候，我们会合了。

街头小路边，六七个老乡或蹲或站着聊天。蔡松涛书记走过去，老乡们还在那里蹲着，并没有如我们想的那样立即站起来，但他们认出了蔡松涛书记后，朝书记笑了笑。

蔡松涛问他们："你们面前这条小路，要修、要加宽，你们说说怎么修？"

一个蹲着的老乡指指面前的土沟，说："这边上的下水道，经不住车轧，一轧就破了。"

又一个站着的老乡补充："夏天下大雨，水流不及，都冒出来了。"

就当着老乡们的面，蔡松涛立即和随行的乡镇领导商量：一是要用结实的水泥管，管子粗一些；二是生活污水从路边的地下管道流，下雨天的雨水，走明渠；三是加强载重车辆行驶防护，超重车辆不让从这些道路上过；四是限高设施要建起来。

随后，蔡松涛书记又带着大家去走访贫困户。这是脱贫不久的原贫困户李铁柱家,主人不在家。蔡书记站在干净的院子里,笑了:"是个利落干净的院子。"村支书说:"扶贫政策都在这儿落实了,你看,过冬没问题。"

蔡松涛点点头,打开手机,通过手机上的App,就知道了他家的基本情况:家中有病人,有上学孩子,有打工的年轻夫妇。

这时候,李铁柱回来了,蔡书记先问了他家的病人情况和孩子上学情况。

李铁柱说:"乡里村里都想着呢,老婆有心脏病,医生按时来看。孩子上学也好,儿子儿媳在外打工,到年底会回来,请蔡书记放心。"

我在门廊,看到了孩子上学的联系人,以及家中病人的医生联系卡,真是非常周到而又仔细。

中午,我们在乡里吃了红薯馒头和杂烩菜,其间,蔡书记和乡村干部一直在讨论村里和乡里道路栽树等问题。

饭间,我向蔡松涛书记说起我来的目的,他神色庄重地说:"要是焦裕禄书记还在,看到兰考发生的这些翻天覆地的变化,该有多高兴!而如今,我们踏着他的脚印,正在为人民谋福利。"

我在兰考采访到春节前,看到、听到、感受到兰考干部群众在焦裕禄精神鼓舞下那齐心协力补齐短板奔小康的冲天劲头。春节过后,我就窝在家里整理了一下材料。一个多月后又出访了一回,回来就感到春天扑面而来,一看日历,四月了,心也动了。

四月,最美好的四月,我应该再去兰考看看,看看焦裕

★ 兰考花开。

★ 防风林挺拔伟岸。

禄日思夜念的兰考，焦裕禄精神光辉普照的兰考，不知奔小康的短板补好了没有；看看兰考的田野和人民，更看看那牵肠挂肚的泡桐。

车一进入兰考，就进入了一个花的世界，睁开眼，到处是花朵；闭上眼，到处是花香。花以泡桐为主，泡桐花是先开花后长叶子的，所以满树都是花，紫色的、粉色的，花张扬着，蕊伸长着，向整个世界展示着美好的信息。

我去看了"焦桐"，满树的花繁盛鲜艳。我又去看了"习桐"（习近平总书记种下的桐树），满树的花开得热烈而又奔放。

就是在花海的背景下，在花香的氛围里，我分别和县领导在不同场合进行了交谈，与统计局等局委领导比较核对了数字，与老百姓一起到大棚和田野，我们聊了焦裕禄书记，聊了大家的生活，谈起了上学、就医、饮水、住房、出行、卫生、文化生活，等等。我从老百姓的话语中听到了焦裕禄精神如春风化雨，深入人心，我从老百姓的笑脸中读到了喜悦。

我找到县长李明俊，一起探讨了党的十六大提出的2020年全面建设小康社会的基本标准，得出我的结论：兰考县已经达到了小康标准。

李明俊县长笑了："这个达没达到，咱俩说了不算，需要权威部门进行考核检验，然后给出答案。"随后又说，"还是到群众中去看看。到没到小康，群众的感觉最准。"

随后他又问我："如果焦书记看到目前的局面，会怎样对你说呢？"

我想了想说："他肯定和你的说法是一致的。"

采访手记 绿我涓滴,会它千顷澄碧

在兰考的日子里,正是泡桐花盛开的时节。在此期间,笔者拜谒了焦裕禄烈士陵园,参观了焦裕禄纪念馆,前往了焦裕禄精神体验基地与"四面红旗"纪念馆,又到焦裕禄当年脚步所及的村庄采访了不同年龄段的人。我在兰考的泡桐花的花海里穿行了一周,拍下了许多笑脸,录下了许多笑声,然而最让我感动的,也是最能让焦裕禄书记含笑九泉的,是对以下人员的采访。

高党辉

这是一个下午,我们去了三义寨乡老茄庄村,正在上郑州大学的学生高党辉就住在这个村庄。高党辉父亲去世得早,兄妹4人在伯父伯母的照顾下成长。家境并不宽裕的伯

★ 河南省开封市兰考县焦裕禄烈士陵园。

父伯母虽然疼爱这些孩子,但本就捉襟见肘的日子难以供他们上学,是县、乡、村以各种方式资助,给了高党辉兄妹4人新的生活和希望。

我们约好两点钟在村部门口见面,他带着我们,到了他家。

一进家门,高党辉就指着一座新房子说:"这是村里给盖的。"又指着地面说,"这是村里给硬化的。"两个妹妹也出来迎接我们,小妹妹话不多,默默地站在一边。高党辉让我们坐到新屋里,我便发现,屋子的墙上,贴满了奖状。

我问:"这些都是你得的?"高党辉答:"我和我弟弟的。"我问:"你弟弟呢?"高党辉说:"他考上中国人民大学了,在北京上学。"我问:"他学的什么专业?"他浅浅一笑:"自动化控制。"我问:"你呢?"他看着我:"物理系电子科学与技术专业。"我感叹:"你和你弟弟都考上了好大学,真不容易!"他又浅浅一笑:"我弟弟比我强。"我点点头:"考上郑大,就很了不起!"

"还行吧。"他腼腆地笑了一下,"我学习比我弟弟差,在去年省里举行的高校航模比赛中,我只得了第三名。"我一惊:"全省的学校,你得了第三名还不满意?"他摇摇头:"应该得第一的,我正在努力。"

我问身边的他的大妹妹:"你现在读哪个年级了?"大妹妹说:"高中二年级。"我问:"学习怎么样?"大妹妹低了一下头:"还行,一般般吧。"我问:"怎么个一般般?"大妹妹看着一边:"没进前五名,就是一般般。""哎呀!你的心劲真足!"我不禁感叹。转眼一看,小妹妹不见了,不禁问高党辉："小妹妹呢？"高党辉说："去看书了。"

与我同行的兰考扶贫办的小张也是这个村庄的，他告诉我："这一家四个娃娃，都爱读书。"

我问高党辉的大妹妹，"你家离高中远不？"大妹妹又低了一下头："不远，10里地。"

我一惊："10里地还不远！你怎么回来的？"大妹妹朝门外看了一眼："我伯父骑三轮带我回来的。"

正说到这儿，高党辉的伯父回来了，我立即迎了过去。高伯父头发花白，一脸的沧桑，我和他握手，感到他手上的皮肤特别粗糙，是那种整日干活的农民的大手。我说："你很了不起，把几个娃娃拉扯大，成绩不错，两个都上了大学。"

高伯父浅浅动了一下腮，算是笑了："还是娃娃争气，学着焦裕禄书记的心劲，有这心劲，就能考上。"

高伯母在一旁搭话："县里、乡里、村里也是按着焦裕禄书记的样子办的，要不是他们的支持，娃是上不到大学的。"

高党辉给我算了一笔账："2017年，我上高三阶段享受国家助学金3000元，免学费2700元，分阶段补贴5000元，郑州商品交易所资助奖学金1000元，滋蕙计划2000元；考入大学后，兰考县'两不愁、三保障'对建档立卡学生每人每年提供5000元资助金，考取一本一次性奖励3000元，郑州商品交易所每年资助3000元，这么多资助，其中兰考县级资助金1.3万元。这么多地方对我伸手支持，我不好好学习，能对得住大家吗？"

"说得对。"我摸摸高党辉的头,"你是个知道冷暖的孩子,所以上进,所以能考上好大学,将来一定会有好的发展。"

高党辉微微一笑:"兰考是焦裕禄书记工作过的地方,各级干部都学着焦书记,想着、照看着我们这些无依无靠的人。如果没有各级的雪中送炭,我上学时生活就难以保障,更难以买到足够的学习资料,也就无法取得现在的成绩,无法考入郑州大学。"

高党辉同学说的各级干部,我在兰考采访时大都采访到了,下面是两个比较典型的干部,用老百姓的话说,就是我们面前的"焦裕禄"。

申学风

兰考县东坝头镇张庄村是焦裕禄书记当年去得最多的村庄,因为这里是风沙口,是黄河拐弯的地方,当年的铜瓦厢决口,就是发生在这里。现在的党支部书记申学风和许多老人,都对焦裕禄感情深厚。我先到张庄村和申学风交谈,当然先是谈焦裕禄,他说焦裕禄来张庄村时,他还小,但是对焦裕禄的印象极深,焦裕禄的作风影响了他的一生。申学风书记很健谈,我们聊得很宽泛,先是在他们村部办公室,晚上又到了我在焦裕禄干部学院的住处,一直谈到半夜。

申学风:最开始脱贫攻坚的时候,我们主要靠种植和养殖。种植方面,以前常规种植玉米、小麦,后调整了种植结构,发展了一些蜜瓜大棚。另外通过大规模土地流转，农民从土地中摆脱出来，在附近或外出务工。我们村以前就有养殖基础，但规模比较小。后来，政府出台一系列优惠政策，比如贷款贴息，贫困户养殖信用贷，村里通过协调资金，帮助农户扩大养殖规模。到目前，212户贫困户，除了14户，其他的已经全部脱贫。

在镇党委、镇政府的指导下，我们对产业重心作了一些调整。

关于资源方面，我们村紧邻黄河，有黄河文化；20世纪60年代，焦裕禄在张庄村成功地找到了治理风沙的办法，比如"贴膏药""扎针"，我们村在兰考县第一个治住了沙丘，传承和保留了焦裕禄精神；2014年，习近平总书记到我们村调研指导工作……有这么多有利因素，所以，2016年年底，我们把产业重心调整到红色乡村旅游上。充分发挥红色资源和自然资源优势，建成占地120亩的焦裕禄精神体验教育基地和四面红旗纪念馆，营造浓厚的红色文化氛围。种植方面也围绕这个重心调整为以观光农业为主，现在蜜瓜大棚发展到171座，另外发展日光温室大棚种植草莓，2017年年初做了小杂果采摘园。2018年，我们村客流量将近15万人次。2019年，我们在焦裕禄精神体验教育基地旁边，种了400亩的油菜；把黄河滩区的一个大坑，因地制宜开发成一个占地约200亩的观光垂钓鱼塘。

2016年，我们成立了合作社，让农户以土地入股参与分红，利润的30%返还给农户。通过这种模式已经吸纳了1000多亩土地，包括刚才说的鱼塘，另外种植了750亩的绿化草皮。

乡村旅游引发带动了很多第二产业。比如，群众看见旅游带来的效益，把当地的红薯、花生做深加工，做成花生糕、红薯醋等。比如闫春光，从前养鸡，现在同时开始做香油、红薯粉条。随着人气越来越旺，还打造了农家乐、民宿，目前有17家，共216张床位。

乡村旅游带动了农产品的加工和销售，同时观光农业种植方面也为乡村旅游增加了人气，两者相辅相成。比如，兰考其他的蜜瓜卖两块钱一斤，我们村可以卖到三块、四块。

笔者：前几天我在张庄村看了一个从杏花营过来的小伙子，在这办企业，种植蜜瓜。

申学风：那是坤禾农业的吴国军、吴国峰兄弟，他们企业还有农大的博士，企业已经在这落户两年多了。那是2016年年底，省委组织部和财政厅拨付资金，针对贫困村发展村集体经济的项目资金，当时兰考县有454个贫困村，仅有12个名额。我们张庄村有幸通过评审申请到了，共160万元。利用这笔资金，我们建了占地110亩的小杂果采摘园，做了77个蜜瓜大棚。但是种蜜瓜技术含量非常高，农户毕竟没有种过，不敢去做。我们就想引进一个懂种蜜瓜技术、能销售的公司，我们以大棚入股。后来我们称这种模式为"村委+公司+农户"，就是村里提供基础设施，公司经营，贫困户参与务工。当时我们也四处打听，谁在这方面做得最好，于是找到了吴国军。他现在经营得非常好。一个村想要发展经济，首先要有人才。这个人一下子用了我们77个大棚。

笔者：那天我在吴国峰那儿，看到一对母女去送瓜了，我还和她们聊了聊。（我把我们的合影拿给申书记看。）

申学风：她儿媳妇在2017年得了病，花了几十万也没看好，撇下三个孙子走了，儿子一下子从精神上垮了，我就去找他，说的话都是实实在在的：一个，娃娃小，在咱村上幼儿园、小学，都不是问题；二个，你妈妈、奶奶年纪都不大，还能务工，我让她们去蜜瓜园承包，如果不敢承包，就打工，打工一年下来，一个人也会挣个一万多，两个人两万多，还省心，如果心大一点，承包，就挣得多一点，不但够家用，还能还账。后来，他母亲、奶奶就承包了大棚，你也见到了，儿子现在在外面打工挣钱，对家里完全放心。你看看，这样的家庭，日子都过下去了，都脱贫了，还有啥过不去的坎？

我们村还有十来个贫困户情况比较特殊。比如说有一个姓董的村民，50多岁的妇女，爱人没有了，有个儿子患有乙肝，不能参加重体力劳动。种蜜瓜的工作是比较烦琐，但劳动强度不是很大，她完全可以胜任。

后来我们又聊起乡村发展。

申学风：前段时间，我去陕西袁家村、梁家河村等地参观学习,回来后,对张庄搞旅游的信心更大了。从基础设施方面来说,张庄比梁家河村更好。从参观学习角度来说,可以到焦裕禄精神体验教育基地、四面红旗展览馆和村部,学习焦裕禄精神,还可以参观学习大棚种植、土地流转等经验。在乡风文明建设方面,我们成立的有大讲堂、红白理事会,举办饺子宴;美丽乡村建设方面,可以看如何改造、治理空心院。之后建设个停车场,可以在这里下车,改乘我们的电动观光车,配上导游讲解,按照规划的几条路线去参观学习。而且中午就餐、晚上住宿都可以统一安排,游客可以学到东西,我们村也可以获得更多收益。

笔者:这个思路好。

申学风:目前我们的发展思路就是,有创业能力的,通过普惠金融等优惠政策协调资金;没有创业能力的可以到产业里面务工。现在张庄村没有闲人,比如我们引进的奥吉特生物科技,目前用工仅张庄的村民就有160多名,全部投产后吸纳劳动力不低于300人。所以现在我们张庄村返贫的概率非常低,只要你愿意干,都有致富的途径。当然了,有些天灾人祸避免不了,比如2018年,我们新增了一个刘姓贫困户,33岁,有两个孩子,七八岁,也有爱人,他父母50多岁,身体健康,本来是非常好的一个家庭。但他检查出患了骨癌,发现时比较晚,已经是中后期了,不得不高位截肢,做手术花了几十万元,每月的药费就得7000多元。而且这个药是进口的,不报销。他自己不能干活,牵连着媳妇也出不去，需要照料他。我也非常头疼，该用的扶贫政策都用上了，但他们家还是承受不住。2019年，我们帮他把这个事解决了。

笔者：这个也解决了？

申学风：是的，河南省武警医院2017年10月成为我们张庄村对口帮扶单位，医院不断到我们村做义诊。我找到医院院长和武警总队的领导说，能不能帮助我们村的贫困户。医院经过研究答复，发起"光明行动"，给我们村贫困户中的9名白内障患者免费做手术，包括陪护人员、吃住都是全免的。另外，为小刘提供终身免费治疗。9名白内障患者康复后，我和镇领导到医院去接，他们都激动得很，一直说武警医院好得很。他们住的是9楼，连陪护人员吃饭都不用下楼，有护士直接送到病房。小刘是长期用药，也不需要住在医院。他已经安上了假肢，那天和白内障患者一起被接回来。他说，我30多岁得了这样的病，如果没有政府和领导的关怀，我都没法生存。他患病后自杀过好几次，但这次回来说，以后不管恢复成什么样，都会尽自己的力量去回报社会。经过一段时间锻炼，他已经能够行动自如，穿衣服，看不出是重病号了。后来我想，他没法出去打工，就安排他在爱心美德公益超市上班，每月工资1500元。他去那上班，会觉得自己有价值，而且热热闹闹的，他也可以开心一些，把烦恼忘掉。

笔者：这个本来是一个无解的难题，都给解决了，太让人感动了。

徐场村

最后一站,我到了徐场村,访问了这个以制琴而名扬天下的平原小村庄。

从通往黄河边的大路上往右一拐,是一条光洁的柏油道路,道路两旁是万亩泡桐林;穿过泡桐林,面前出现一个宽阔的乡村广场;青砖铺就的广场上,停放着一排汽车,从车牌号上可以看出,这些车来自全国各地。

广场东侧,是一面琵琶状的砖瓦混砌墙,墙上写着一行大字:

中国民族乐器村 徐场

这一行字名副其实,因为琴,因为名气,来徐场村参观的人络绎不绝,于是,乡里专门为这个村庄配备了一名讲解员。

讲解员名叫李梦晨,高个子,利落而又新潮,披着长发,就在广场等着我们。见到我握了一下手,之后手朝那一排车指着说:"看见没?这都是外地来买琴的,我们村子不大,却是全国制琴行业的核心地之一。"

这时候一只喜鹊从广场上空飞过,一跃一跃的,李梦晨笑了:"看见喜鹊,我就想起焦裕禄书记。"她深深吸了一口气,"我们徐场村能有现在的样子,全靠焦裕禄书记的恩德,他带领全县人民栽种泡桐。为了抗风沙,治盐碱,兰考种了大片大片的泡桐林。泡桐树长大了,成片成林,像墙一样地立在兰考大地上,不但坚强地挡住了风沙,而且还能成为优质木料。兰考的泡桐结构均匀，轻而且不变形，是上好的制琴音板材料。有了材料，才能谈到兰考的制琴业，也才有徐场村的兴旺日子。"

我不禁想起了县城东边的"焦桐"，那是焦裕禄亲自栽种的，现在已经有五十多年的树龄，树干粗壮挺拔，枝繁叶茂。

李梦晨带我们一家一家地走，看了一家家的琴房、木料房、制作间、刷漆间，看了各种各样的琴、瑟和筝，还有琵琶等弹拨乐器。说到高兴处，特别是说到不同琴的音效时，她就会亲自弹几下，这让我想起《高山流水》，想起《水调歌头》。

在这期间，她向我们叙述了徐场村发展琴业的经过。

泡桐树10年后就已经成材，兰考人把伐下来的泡桐树用来做风箱，因为不走形，所以风箱密封性好，而且木质轻，易搬运。除了风箱外，泡桐木做的箱子、柜子等办公器材，都因为木质轻，板材不翘不走形受到人们的喜爱。

20世纪80年代，一位上海乐器师傅发现，兰考的泡桐板材十分适宜做乐器。这位乐器师傅在徐场村找到了从事桐木板材加工的代士永，希望他能够为乐器厂提供泡桐木板。代士永当然一口答应，因为师傅给的板材价格很好，几乎赶上做风箱的价格了。

很快，有心的代士永发现，给上海乐器厂供泡桐木，只赚几百块钱。而厂里用小小一片泡桐木做音板，做出的古琴就能卖三千多块，而一方木头，就能做几百个古琴音板。他就动了脑筋，想请上海师傅到兰考做古琴。

师傅是工程师,不好意思驳这个农民兄弟的面子,就说:"做琴,不但要泡桐,还要紫檀木呢,这是统购统销物资,物资部门不可能批给你们这种木头,再说价格也贵,买不到也买不起。"

上海师傅没想到的是,代士永倾全家甚至全村之力,请县政府专门向物资部门申请,批了购买指标,很快就买到了。

上海师傅只好说:"我到了兰考,就会失去上海的工作。"

在当时,上海的工程师在人们心里就是天上的美差,谁能舍得丢掉?

代士永随即拿出两万块钱给他。

那时候两万块钱就是巨款,师傅自然被他感动了,但是还在犹豫,代士永就对他说:"兰考这个地方你可能不熟悉,但你应该知道焦裕禄。"

上海师傅一听焦裕禄:"那是个大英雄,谁能不知道?"

代士永接着他的话:"他就是在兰考治沙、治水、治盐碱,战斗到最后一口气,那篇家喻户晓的长篇通讯《县委书记的榜样——焦裕禄》,写的就是他在兰考战天斗地的事迹。"

于是,上海师傅跟着代士永来到兰考,在代士永家开始做古琴。

代士永叫了两个儿子和村里的几个小伙子跟着上海师傅一起学。这些年轻人从小生活在风沙、盐碱、内涝肆虐的兰考,自然是黑白不分地学。两年后,大家都掌握了做古琴技术,加上师傅是上海名师,古琴是名师教导下做出来的,销路大好。

现在兰考的古琴是中国名牌,每年销售二十多万台。还有音板,兰考特有沙地长出的泡桐,做出的音板有极强的共鸣,中国音板市场的98%都是由兰考供应。

如今,代士永先生看着兴旺发达的兰考古琴业,欣慰地驾鹤西去,而他的儿子已经成了制琴大师。

在导游李梦晨的带领下,我们去了代士永大儿子代胜民的古琴店。

我们驻足于一个用整块桐木掏出来的巨大的七弦琴前,代胜民随手在琴上弹拨一下,琴声立即从掏空的内腔里冲撞回旋而出,始如空谷鸟鸣,接着就是百鸟朝凤。

我当下被琴声迷住,屏气凝神,静静地目视前方,如同看着缤纷多彩的音乐丝絮……

代胜民谈到焦裕禄,感慨万千:"没有焦裕禄书记,就没有我们的制琴业!"

李梦晨对我讲,兰考人民把焦裕禄的精神贯穿行动中,他们思想开放,绝不保守。为了扩大古琴产业的销路,兰考与阿里巴巴的"农村淘宝"开展合作。通过阿里巴巴,兰考的古琴不仅卖到全国各地,还漂洋过海卖到了新加坡、美国和韩国等地。越来越多的当地人开起了网店,销售古琴。

85万人口的兰考,目前全县注册的古琴生产企业有187家。此外,还有超过200家网店,通过以"农村淘宝"为代表的阿里巴巴线上平台销售古琴、古筝。

目前,村里60%的村民都开有制作民族乐器的家庭作坊,剩下的40%村民也几乎都在村里给这些作坊打工。乐器生产企业已发展到52家，民族乐器生产的从业人员达1000多人，吸纳贫困家庭劳动力160余人。民族乐器产品主要有古筝、古琴、琵琶，形成了一条比较完整的产业链，年产各类乐器50000余台（把），年产值达9500万元，产品销往全国各地，并出口到新加坡等国家和地区。

从代胜民的乐器店出来，走在徐场村的大街上，李梦晨给我讲了一个美丽的故事，一个因琴而结缘的故事。

说着，她带我们走进了一个整洁而又规划有韵的院落，墙上有花絮垂下来，树上的叶子把阳光摇晃得闪闪烁烁。

随着李梦晨的呼唤，一位个子不高的中年人从堂屋迎了出来，他叫徐雨顺，村里人称呼他为徐老大，徐老大后面跟着他的大儿子徐冰。

徐雨顺带我们到了堂屋，便见屋子一侧，放着一张巨大的茶台。徐冰立即给我们沏茶，我发现茶台是一块巨大的整木，一问徐雨顺，才知道是红木，价值几十万元，这是做琴帮的必需品，在这儿用着，也等于在空气里风干着，几十年后，就是做琴的上好材料了。

通过交谈，我知道，徐雨顺在村里威信很高，所以人们才形象地称他为徐老大。他着迷于琴的制作，对琴的制作技艺掌握得扎实准确，而且，他还不断地发掘新的制作技艺，使琴达到新的音响效果。他的大儿子是1991年出生的徐冰，大学毕业后，便回到家跟父亲开始学习古琴的斫制和演奏。古琴的制作工艺复杂，从选材到上弦要经过几十道工序，制作一把精良的古琴需要历时两年。从2014年开始，徐冰先后赴北京、天津、上海、广州等地学习古法斫琴技艺，并在每一道工序上都做到一丝不苟，他做的琴深受客户喜欢。

就在我们说话的时候，一个客户来拿琴，徐冰从墙上取下来一把，往盒子里装，我便问客户是随便拿一把还是早选好了，客户说是早就订制好的。我发现比一般的贵，三万元，问客户为什么专门买贵的。客户说琴和琴不一样，我就喜欢这琴。这徐冰制的琴，弹着有苍凉的味儿。

我正想着苍凉味儿，那人拿着琴，欢天喜地地走了。徐冰告诉我，这把琴是用古法制作，工艺复杂严谨，但是制作出来的琴，音色苍古松透，独具韵味。他家一年能卖出100把以上。

李梦晨告诉我，刚才她对我说的美好的故事，就发生在徐冰的弟弟徐亚冲和一位叫卫晨欣姑娘的身上。

徐老大笑了，对我说，他俩现在在凤鸣湖呢。一个同学结婚，邀他俩弹琴助兴。现在应该结束了，他们不会立即回来，会趁他们都走后，在湖畔，试一下琴在空旷的地方的音响效果。

于是我们赶紧赶了过去。

这是兰考的一个蓄水人工湖，湖畔是茂盛的芦苇，有水鸟在湖里飞，还有野鸭子在水里游。只见一男一女两个年轻人，坐在湖畔，我们朝他们走过去。

小伙子就是徐亚冲，土生土长的兰考徐场村人；姑娘就是卫晨欣，三门峡市干部家庭出身，从小学习音乐，大学毕业后在西安开了个音乐工作室。

徐亚冲说："我们兰考做民族乐器的比较多，有古筝、古琴、琵琶等，这边的乐器厂经常邀请她过来做一些音色鉴赏，比如新出一批古筝会让她指点，哪些是好的，哪些是不好的。不好的如何改进，好的录一些视频进行宣传。2017年5月，她受乐器厂邀请来兰考，路过我们村，觉得这个村古色古香，参观路过我家小院时，就想进来看看参观一下，拍张照片。当时，我爸以为她是来选琴的老师呢，就说拿相机给她拍，说着就从屋里拿出相机拍了几张。拍照片的同时，我就在旁边的琴房弹琴。她循着琴声进去了。她本来以为我是请过来的老师呢，一番交流后才知道我的情况。然后我们一起调调琴、聊聊天，互相加了微信。"

徐亚冲一笑："本来也没啥，后来她找我要照片，就是我爸爸用相机拍的那些，要了4次才要回去。第一次是我哥拿着相机出差了，第二次是没有读卡器，第三次是相机被别人借走了，第四次才传给她。她每次要照片也不能直接说'你把照片传给我'，肯定要唠唠家常啊，聊聊古琴、古筝，能不能合作之类的话，我觉得我们之间有很多共同话题。6月，她又来兰考出差，因为日子是网上购物节'618'，厂家需要网络促销宣传，'双十一'当然也要请她来，做直播，录视频宣传。她每次来，我们都有接触和沟通，彼此就觉得还蛮聊得来的。"

李梦晨补充道："就是因为琴声，她才见到了他。"

徐亚冲哈哈一笑："当时我在弹琴只是一方面，更重要的是，我们村是民族乐器村，如果没有兰考的泡桐树，没有这个乐器村，她也不会跑到我们这儿。还是我们这大环境好。"

我笑了："后来你是怎么表白的啊？有时候感情很难说出口。"

"因为互相有好感嘛,一下班或一闲下来就想找对方聊聊。我心里也有底了,慢慢就水到渠成走到了一起。2019年,她把西安那边的工作室转让了,把所有的课程都辞了,彻底来兰考发展了。"

李梦晨语言利索:"是2018年,桐花飘香的季节,徐亚冲鼓起勇气把卫晨欣约到了自己常去的泡桐树下,捅破了那层窗户纸。"

我不禁问:"怎么捅破的呢?"

卫晨欣脸一红:"我去寻他,他在泡桐树下,面前是一张琴,也没看我,只弹琴。"

"当时弹的是啥曲子?"

徐亚冲低下头:"《凤求凰》。"说着朝卫晨欣瞥了一眼。

卫晨欣抿嘴一笑,浅浅地说:"他一句话也没说,弹完之后我明白了,就过去和了一曲。"

"和的是什么曲子?"

"《长相思》。"

我不禁感叹:"太浪漫了!能再弹一遍吗?"

徐亚冲点点头,看了卫晨欣一眼:"是你先来还是一起?"

我立即说:"一起吧。"

于是,在兰考的凤鸣湖畔,在春天的花香里,在轻轻拂动的芦苇丛边,在野鸭子游起的涟漪旁,两个年轻人坐在阳光里,弹奏了一曲春天的爱情故事。

在这美好的乐曲声中,我不禁想到了习近平总书记创作的《念奴娇·追思焦裕禄》,禁不住吟诵了最后一句:

"绿我涓滴,会它千顷澄碧。"

后记

2020年6月,中国人民解放军国防大学的侯健飞给我发来一份资料——"人民英雄:国家记忆文库"的征求意见稿。这个"文库"是国防大学军事文化学院和中国青年出版总社联合发起的,其中有这样一段文字让我感动:"中华民族是崇尚英雄、成就英雄、英雄辈出的民族,和平年代同样需要英雄情怀。"今天,在实现中华民族伟大复兴中国梦的征程上,我们更需要传承红色基因,学习英雄,崇尚英雄。

随后,侯健飞与中国青年出版总社的同志协商,决定由我撰写英雄人物焦裕禄。

这正是我熟悉的内容,所以我立即接受任务。在远程视频会议之后,第二天,我就奔赴焦裕禄把心血和生命贡献的地方——兰考县。

兰考县领导非常重视这本书的写作,特别是兰考县委宣传部、兰考县扶贫办,对这本书的采访和资料收集非常支持。扶贫办的陈趁义主任和杨丹副主任,几乎是有求必应,再次感谢他们的支持。本书图片由兰考县扶贫办公室、焦裕禄干部学院、兰考县焦裕禄纪念馆提供,特此致谢!也感谢此书文学助理曲艳树,摄影师于德水、余士龙!

这是我三易其稿后的定稿。

感谢这一套"文库"让我再一次重温了焦裕禄事迹和再次学习了焦裕禄精神,感慨只有我们中国共产党,才能培养出这么大公无私、一心为党、为国、为人民的好干部。

最后我要重申一句:焦裕禄永远是我的好榜样!

于郑州河畔木屋

参考书目

1. 焦守凤、焦国庆著：《我的爸爸焦裕禄》，少年儿童出版社，1966年出版。

2. 穆青等著：《焦裕禄》，新华出版社，1980年出版。

3. 焦裕禄编写小组著：《焦裕禄》，河南人民出版社，1990年出版。

4. 殷云岭、陈新著：《焦裕禄传》，花山文艺出版社，1995年出版。

5. 杨长兴、刘俊生、张万青、刘相礼著：《焦裕禄一生》，中央文献出版社，2011年出版。

6. 焦裕禄干部学院编著：《永恒的丰碑——焦裕禄的故事》，大象出版社，2014年出版。

7. 吉炳伟主编：《纪实焦裕禄》，中共中央党校出版社，2016年出版。

8. 焦守云著：《我的父亲焦裕禄》，人民日报出版社，2016年出版。

9. 焦裕禄干部学院编著：《信仰的力量——焦裕禄的青少年时代》，人民出版社，2019年出版。

图书在版编目（CIP）数据

焦裕禄：人民的好公仆／郑彦英著. —北京：中国青年出版社，2023.7
（人民英雄：国家记忆文库）
ISBN 978-7-5153-6990-7

Ⅰ.①焦⋯ Ⅱ.①郑⋯ Ⅲ.①传记文学－中国－当代 Ⅳ.①I25

中国国家版本馆CIP数据核字（2023）第122159号

焦裕禄：人民的好公仆
作　　者：郑彦英

责任编辑：岳虹
特约编辑：王小洁　郑六画
书籍设计：瞿中华
出版发行：中国青年出版社
社　　址：北京市东城区东四十二条21号
网　　址：www.cyp.com.cn
编辑中心：010-57350402
营销中心：010-57350370
经　　销：新华书店
印　　刷：北京中科印刷有限公司
规　　格：880mm×1230mm　1/32
印　　张：6.25
字　　数：130千字
版　　次：2023年7月北京第1版
印　　次：2023年7月北京第1次印刷
定　　价：24.00元

本图书如有印装质量问题，请凭购书发票与质检部联系调换。联系电话：010-57350337